Heimwärts

~ für meine Oma Wally Staudt ~

Florian Kerz

Heimwärts

Verblasste Erinnerungen
am Ende des Weges

Bibliografische Information der Deutschen Nationalbibliothek
Die Deutsche Nationalbibliothek verzeichnet diese Publikation in der
Deutschen Nationalbibliografie; detaillierte bibliografische Daten sind im
Internet über http://dnb.d-nb.de abrufbar.

© 2006 Florian Kerz
Satz, Umschlagdesign, Herstellung und Verlag:
Books on Demand GmbH, Norderstedt

ISBN 10: 3-8334-6462-3
ISBN 13: 978-3-8334-6462-1

Inhalt

Tränen der Erinnerung

2000

Gleichmäßig trommelte der Regen an diesem Junivormittag auf die Fensterscheiben des Altersheims »Rosendorf«. Man hatte die Fenster geöffnet, um in den von Essensdämpfen gefüllten Raum ein wenig Luft zu lassen. Eine frische Brise wehte die blütenweißen Gardinen zur Seite und erfüllte den Speisesaal mit kühler, nach Regen duftender Luft. Pfleger und Pflegerinnen liefen umher, räumten schmutziges Geschirr ab, riefen einigen Bewohnern zu, man sei gleich bei ihnen, sie müssten sich nur ein wenig gedulden. Viele der alten Menschen, die sich nach dem Mittagessen, das stets um 11.30 Uhr eingenommen wurde, noch im Speisesaal befanden, nahmen kaum wahr, was man zu ihnen sagte. Die meisten der Bewohner auf Station zwei waren schon längere Zeit, ja teilweise einige Jahre, hier. Sie konnten sich nicht mehr selbst bevorstehen, litten unter Altersdemenz oder körperlicher Gebrechen und brauchten Betreuung.

Nicht, dass die Angestellten nicht bemüht gewesen wären, den Heimbewohnern das Leben so angenehm wie möglich zu gestalten – aber schaute man in die vielen ausdruckslosen Gesichter, so wurde man das Gefühl nicht los, wie sehr isoliert man hier drinnen, in dem erst vor ein paar Jahren erbauten Altersheim war. »Altersresidenz« nannten die Angestellten jenen Ort und man wurde auch energisch darauf hingewiesen, wenn man stattdessen Alters- oder Pflegeheim oder ähnliches sagte.

Doch ist eine Residenz nicht der Wohnsitz von Königen, Fürsten und Grafen? Von herrschaftlichem Leben konnte man hier nicht reden.

So saßen also alle, in Gedanken in ihrer eigenen Welt versunken, an den abgeräumten Tischen und starrten vor sich hin. Fast alle. Nahezu unbemerkt hatte sich eine kleine zierliche alte Frau aus ihrem Rollstuhl erhoben und setzte mühsam einen Fuß vor den anderen.

In solchen Situation hielten die Schwestern die Bewohner in der Regel davon ab, in dem sie wie eine erzürnte Mutter, die ihr Kind ausschimpft, auf sie einsprachen. Doch keiner der Angestellten war im Raum um das hätte aufhalten zu können.

Unsicher war sie auf den Beinen und die dünnen Arme hatte sie, um Balance halten zu können, nach außen gestreckt. Immer wieder hielt sie inne, bis sie sich erneut anschickte, Schritt für Schritt zu tun, bei dem ihre Filzhausschuhe über den sterilen Linoleumboden schleiften. Sie trug einen wollenen Strickpullover mit schwarz-weißem Rautenmuster, der wohl aus den 70er Jahren stammte und eine Jogginghose neueren Datums – Kleidung, die man ihr offensichtlich wahllos angezogen hatte.

Mit ihren knochigen, von einem langen Leben gezeichneten, Händen tastete sie sich an der Heizung entlang, bis sie schließlich das weitgeöffnete Fenster erreichte.

Dort angelangt richtete sich ihr gebeugter Körper auf und die alte Frau streckte beide Hände aus dem Fenster. Der starke Regen prasselte auf ihre Handflächen, ein zartes, ja fast mädchenhaftes Lächeln zeigte sich auf dem Gesicht der Greisin und man konnte sie nahezu hören, wie sie tief durchatmete.

Die alte Frau hatte nicht bemerkt, wie dicht hinter ihr jemand stand, der gekommen war, um sie zu besuchen.

»Oma«, sagte eine Stimme.

Die alte Frau mit dem kurzgeschnittenen schneeweißen Haar reagierte nicht.

»Oma«, wiederholte die Stimme, »ich bin's, dein Enkel«.

Die alte Frau drehte sich nicht um, neigte lediglich den Kopf zur Seite, lächelte nur kurz, als würde sie einen Fremden grüßen und wandte sich wieder dem Fenster zu.

Immer noch ließ sie ihre Hände nass regnen, wobei ihre trüben grünen Augen zu leuchten begannen.

Die Stimme, die nun noch besorgter klang, erhob sich erneut: »Alles Gute zum Geburtstag, Oma. Du bist heute 88«.

Fast erschrocken drehte sich ihr alter gebrechlicher Körper um und ohne ihren Enkel anzusehen sagte sie, wobei ihr das Sprechen sichtlich Mühe bereitete:
»So lange kann das doch noch gar nicht her sein.« Ihre Stimme klang verunsichert.
»Was meinst du?«, fragte ihr Enkel verwundert darüber, was seine Großmutter meinen würde. Die alte Frau antwortete nicht und schaute abermals in Richtung des wolkenverhangenen Himmels. Ja, sie erinnerte sich. Während die Ereignisse der letzten Stunden, Wochen, Monaten, ja vielleicht sogar Jahren ebenso unklar und bewölkt waren wie der Himmel, so sah sie jetzt, mit ihren fast erblindeten Augen, alles klar und deutlich vor sich. Klare Konturen und gezeichnete Bilder, so gestochen scharf wie der Stahlstich eines berühmten Meisters. Ja, alles war da. Das kleine Haus, die vielen verschiedenen Klangfarben der Stimmen der Großfamilie, ja, sogar die Melodien der Hausmusik. Nein, lange war das nicht her, im Gegenteil, das passierte gerade im Moment, im Hier und Jetzt.

Leise begann sie zu singen, wobei teilweise nur ein Flüstern wahrzunehmen war:

»Du bist mein Morgen- und mein Nachtgebetchen, wunderschönes Mädchen ich hab' dich so gern.

Du bist mein Anfang und mein Ende, mein kleiner Liebling, ich schreib' dir Bände.

Du bist für mich, was für den Faust das Gretchen,
wunderschönes Mädchen ich hab' dich so gern.«

Die alte Frau war meine Großmutter. Ja, und der Enkel, das bin ich. Mit meiner Oma Walburga und später auch ohne sie, habe ich versucht ihr Leben zu rekonstruieren. Wobei, nein ohne sie, das stimmt nicht, denn dabei war sie immer. Vieles mag unspektakulär klingen, wie ein gewöhnliches Leben einer Frau ihrer Generation. Und doch war alles ungewöhnlich und einzigartig. Ungewöhnlich und einzigartig genug, dass ich irgendwann den Entschluss fasste, es aufzuschreiben. Irgendwo habe ich einmal den Satz gelesen: Mit jedem Greis stirbt eine Bibliothek. Die Bibliothek meiner Großmutter wollte ich nicht sterben lassen.

Wurzeln

1879 – 1900

»Wenn ein Ort in der ganzen Gegend sich durch Unreinlichkeit, Kot und Morast auszeichnet, so ist es Schweinheim«, hatte das Vogteiamt das bettelarme Dorf anfangs des 19. Jahrhunderts beschrieben – und das, obwohl hier in den 1850er Jahren sogar Leute wie der französische Geigenbaumeister und königlich-bayerische Hofgeigenmacher Jean Vauchel kurzzeitig lebten. Einen Großteil der Bevölkerung aber machten einfache Handwerker, Kleinbauern und Tagelöhner aus. Seit Generationen bereits lebte hier auch die Familie Staudt. Staudt, ein in Schweinheim weitverbreiteter Familienname, gab wenig Auskunft darüber, welche Familie man meinte. Die Staudts, von denen die Rede ist, wurden »Käsper« genannt. Und zwar nicht auf Grund dessen, wie es eine der falschen Familienlegenden erklärt, dass sie im allgemeinen ein sehr heiteres Gemüt hatten und viel herumalberten – herumkasperten. Nein, ein Blick in das kaum mehr leserliche Kirchenbuch des 18. Jahrhunderts verriet den wahren Grund. Die meisten der männlichen Vorfahren waren auf den Namen Caspar getauft worden. Dies hielt sich über nahezu Jahrhunderte in den Köpfen der Menschen und so wurden aus den Staudts die »Käsper«, also dem Kaspar seine Nachkommen, wie man hier sagen würde. Zwischen stümperhaft gepflasterten Straßen, verbauten Hinterhöfen und windschiefen Dächern stand in einer unebenen und steilen Gasse das Haus einer dieser »Käsper«, dem Tünchermeisters Ludwig Staudt und dessen Ehefrau Margaretha. Auch für damalige Verhältnisse ein äußerst ärmliches Anwesen mit gerade einer Wohn- und Schlafstube, sowie einer Dachkammer, einem Stall, der sich an Stelle eines Kellers unter dem Haus befand und einem schmalen Streifen Garten, in dem alles mehr schlecht als recht gedieh. Einen schwierigen Start ins gemeinsame Leben hatten Ludwig und Margaretha Staudt gehabt. Bereits seit einigen Jahren kannten sie sich, aber auf Grund dessen, dass sie keine Wohnung vorweisen konnten, wurde ihnen die Zustimmung zur Eheschließung nicht gewährt. Zu groß waren die Bedenken, dass ein Paar, das noch keine eigene Bleibe hatte, der Allgemeinheit zur Last fallen würde. Sowohl bei den Eltern von Ludwig Staudt, bei denen auch noch die jüngeren Geschwister im Haus lebten, als auch bei den künftigen Schwiegereltern, gab es keinen Platz für ein junges Paar. So kam es, wie es kommen musste. Bereits im Jahre 1877 wurde ihre erste gemeinsame Tochter geboren und zwei Jahre darauf ihr erster Sohn. Immer noch waren sie vor Gesetz nicht Mann und Frau und die Kinder erhielten sogar den Namen der Mutter, obwohl bei der Vaterschaft keinerlei Zweifel bestanden. So ist es wohl nicht anders als Fügung zu nennen, dass die Eltern Ludwigs beide kurz hintereinander verstarben. Als Erstgeborener übernahm er das Elternhaus, sodass der Weg für eine Eheschließung endlich geebnet war. Wenn auch man nun von offizieller Seite den Segen hatte und die beiden Kinder mittlerweile den Namen Staudt trugen, so waren längst nicht alle Probleme gelöst. Für den selbständigen Tüncher war das Leben ein stetiger Kampf ums tägliche Brot. Die Selbständigkeit ergründete sich nämlich lediglich auf einer vorhandenen Zinkwanne, in der die alles andere als weiße Farbe angerührt wurde, und einigen alten ausgefransten Pinseln und ausgedienten Streichrollen. Außerdem, wenn es in Schweinheim von etwas genügend gab, so waren es Tüncher. So hielt man sich mühsam mit Gelegenheitsaufträgen und Hilfsarbeiten über Wasser. Dennoch sah das junge Ehepaar wohl keinen Grund, dem anhaltenden Kindersegen Einhalt zu gebieten.

Mit der Geburt des fünften Kindes Anton am 18. April 1885 hatte die junge Familie große Schwierigkeiten überhaupt satt zu werden. Die Kinder brauchten ausreichend zu essen und so waren es die Eltern, die häufig mit knurrenden Mägen, erschöpft nach einem schier nie enden wollenden Arbeitstag, einschliefen. Da es an Schlafplätzen vorne und hinten mangelte, schliefen die ältesten in der Küche auf der hölzernen Ofenbank und im Winter drängten sich alle in das Bett der Eltern, um in dem ungeheizten Haus mit den feuchten Wänden dem Erfrierungstod zu entgehen.

Margaretha Staudt verkaufte gelegentlich auf dem Aschaffenburger Wochenmarkt die im eigenen Garten mühsam erwirtschaftete und kärgliche Ernte, um ein wenig zusätzlich verdienen zu können. Die Buben nahm sie stets mit. Johann, der älteste Sohn, konnte ihr schon ein wenig zur Hand gehen und den kleinen Anton hatte sie während dieser Arbeiten auf den Rücken gebunden. Die älteste Tochter Gretel blieb zu Hause und kümmerte sich um die jüngeren Geschwister. Der Vater war tagsüber mit einem Handwagen unterwegs und überall dort, wo es etwas für ihn zu tun gab.

Die Freude war zweigeteilt, als Margaretha erneut schwanger wurde. Einerseits würde es schön sein, vielleicht einen weiteren Stammhalter zu haben, aber andererseits wuchs die Besorgnis um die zusätzliche finanzielle Belastung. Es war das Dreikaiserjahr. Nach nur 99 Tagen Regentschaft folgte Friedrich III. seinem Vater Wilhelm I. im Tode nach und deutscher Kaiser und König von Preußen wurde Wilhelm II. Ludwig Staudt bemühte sich, noch mehr Aufträge anzunehmen und auch Antons Mutter arbeitete während der gesamten Schwangerschaft noch mehr, als sie es bereits zuvor getan hatte; nur um ein wenig Geld auf die Seite legen zu können. Noch im neunten Schwangerschaftsmonat bewältigte sie allein Haus-, Stall- und Gartenarbeit. Die Strapazen sollten ihren Tribut fordern.

Als das Kind – in der Tat ein Stammhalter – an einem heißen Frühlingstag, am fünften Mai 1888, das Licht der Welt erblickte, war die werdende Mutter so entkräftet und geschwächt, dass sie bereits während der Geburt mit dem Tode rang. Ludwig Staudt hatte einige Nachbarsfrauen zur Hilfe geholt, welche die schwache Frau mit heißem Wasser und feuchten Tüchern notdürftig versorgten.

Eine Hebamme oder gar einen Arzt für so etwas natürliches wie eine Geburt zu rufen, war den bessergestellten Bürgern vorbehalten. Die Schreie, die nach draußen drangen, gingen durch Mark und Bein. Kaum jemand glaubte noch daran, Mutter oder Kind retten zu können. Aber nach einem bitterlichen Kampf um Leben und Tod, hatten sich die großen Bemühungen der Anwesenden gelohnt. Die völlig entkräftete Mutter sank in die von Schweiß und Blut durchgetränkte Bettstatt zurück. Das Kind, das arme Würmchen, welches nicht gleich atmen wollte, wurde von einer Nachbarin mit kaltem Wasser übergossen. Und tatsächlich – es atmete. Da Margaretha Staudt aber zum Stillen nicht in der Lage war, musste ihre elfjährige Tochter Gretel den Säugling ermuntern, eine Mischung aus Ziegenmilch und Quellwasser zu trinken.

In den folgenden Tagen wurde das Kind ein wenig kräftiger, doch die Mutter konnte das Bett weiterhin nicht verlassen. Obwohl es die finanzielle Situation nicht zuließ, musste der Arzt gerufen werden.

Nach einer kurzen Visite schloss der adrett gekleidete Mann hinter sich die Tür der Schlafkammer und schlug die Stirn in Falten. »Ludwig, ich kann nicht viel sagen. Sie ist furchtbar schwach und ich weiß nicht, ob sie je wieder zu Kräften kommen wird. Arbeiten wird sie in absehbarer Zeit jedenfalls in keinem Fall können.« Der bedrückte Ehemann sagte nichts und stieß einen kurzen, kaum hörbaren Seufzer aus.

Margaretha sprach kaum ein Wort, starrte tagelang nur apathisch an die Decke und hatte an manchen Tagen nicht einmal das Verlangen, etwas zu essen. So war es immer noch die Aufgabe der ältesten Tochter, das mittlerweile sechswöchige Baby zu versorgen. Am Abend des 22. Juni 1888 saß Ludwig Staudt mit seinen Kindern am Tisch und aß die dünne Brotsuppe, die Tochter Gretel zubereitet hatte. Ein Sommergewitter hatte eingesetzt und heftige Blitze erhellten immer wieder die ansonsten düstere Wohnung. Ein erbärmlich klingender Schrei ließ Ludwig Staudt den Löffel aus der Hand fallen. Ein Schrei, wie der eines wilden Tieres in Todesangst, der aus der Schlafstube gekommen war. Margaretha Staudt war tot.

Am folgenden Abend saß Ludwig Staudt mit gesenktem Kopf in der dunklen Wohnstube. Zu seiner Linken und seiner Rechten standen die Kinder, darunter auch der dreijährige Anton, ohne wirklich erfasst zu haben, was passiert war. Man hatte den einzigen Spiegel im Haus mit schwarzen Tüchern verhängt und aus dem Schlafzimmer, wo die Verstorbene lag, hörte man die Nachbarinnen »Ave Maria« in verschieden Stimmlagen aufsagen.

Jede der Frauen meinte allerdings, einen guten Ratschlag geben zu müssen.

»Eine gute Frau ist sie gewesen, sehr fleißig.«

»Kommt doch am Sonntag rüber zum Mittagessen, es ist genügend da.«

»In den nächsten Tagen kann ich auf die Kinder Acht geben«.

Viele Sätze, die Ludwig Staudt alle wie aus weiter Entfernung hörte. Der dreijährige Anton schaute seinen Vater mit großen Augen und unverständlichem Blick an, als dieser ihm fast schulmeisterhaft sagte: »Von nun an wirst du mitarbeiten müssen. Du kommst mit mir, und was immer ich arbeite, schau mir zu und lerne von mir.«

Ihre Mutter hatten die Kinder bereits verloren und nun standen sie davor, ihre Kindheit zu verlieren.

Am Morgen hatte der Witwer den Sterbefall dem Standesbeamten, der in diesem Fall auch der Bürgermeister war, vorgetragen.

»Margaretha Staudt, Ehefrau des Tünchermeisters Ludwig Staudt, verstorben im Alter von 36 Jahren, am 22. Juni im Jahre des Herrn 1888, gegen halb neun Uhr abends«, hatte dieser auf der Sterbeurkunde notiert. Erst mit der Unterschrift, die Ludwig Staudt unter das Dokument zu setzen hatte, wurde es ihm wirklich bewusst. Er stand mit sechs Kindern im Alter von sechs Wochen bis elf Jahren alleine da, ohne im geringsten zu wissen, wie es weiter gehen sollte.

Recht zu Kräften kommen wollte das Baby, das am Tage seiner Geburt noch die Nottaufe über sich zu ergehen hatte lassen und auf den Namen Phillip getauft worden war, nicht. Phillip – das einzige was ihm seine Mutter in dieses klägliches Dasein mitgeben konnte, war sein Name.

»Der Herrgott hat Einsehen gehabt, hatte es Ludwig Staudt begründet, als die fehlende Muttermilch und nicht ausreichende Fürsorge ihr übriges taten. Mit nur drei Monaten starb der kleine Phillip.

Er wurde im Familiengrab beigesetzt, ganz im Stillen. Keine Todesanzeige, kein Pfarrer, nicht einmal eine Sterbeurkunde. Nichts, was zurück bleiben würde, um daran zu erinnern, dass er überhaupt existierte.

Mit der Zeit war klar, dass Gretel, die ja selbst noch ein Kind war, weder Mutter noch Ehefrau ersetzen konnte und nach all diesen Schicksalsschlägen machte niemand großes Aufhebens, als Ludwig Staudt 1892 eine der ledige Mägde aus der Stadt, die ein Kind mitbrachte, heiratete. Für einen Mann, der mit 38 Jahren Witwer geworden war und mit fünf Kindern alleine da stand, brachte man Verständnis auf.

In den folgenden acht Jahren schenkte ihm seine zweite Frau Kunigunde weitere vier Kinder. Von einem Kindersegen konnte man nicht sprechen, war es doch ohnehin schon schwierig genug, die Familie durchbringen zu können.

Schon vor Jahren hatte ich mir die Namen der Großeltern und deren neun Kinder von ihr aufschreiben lassen. Als ich sie bei einem meiner Besuche einmal fragte, woher sie so viel über die all die Ereignisse, die sich ja lange vor ihrer Geburt ereignet hatten, wusste, gab sie mir eine Antwort, von der ich froh bin, sie auf Tonband aufgenommen zu haben:

»Na, das hat man sich erzählt. Das hat der Großvater erzählt und auch mein Vater. Den Geschichten habe ich schon als ganz kleines Mädchen gelauscht. Der Großvater hat immerzu gesagt, dass man seine Wurzeln kennen muss. Denn ohne Wurzeln kann der Baum nicht gedeihen.«

Ja, sie hatte Recht. Und wenn sie auch in ihren letzten Lebensjahren nicht mehr alle Namen zusammenbrachte, so stimmte alles, was mir über diese tragische Zeit ihrer Großeltern berichtet hatte. Später bewiesen es mir die Tauf- und Sterbeeinträge, die ich im Diözesanarchiv Würzburg einsah. Den kleinen Phillip, dessen Leben nur drei Monate währte, gab es und auch all die anderen

Geschwister, ebenso die zweite Frau des Großvaters, an die meine Großmutter noch einzelne Erinnerungen hatte und später selbst »Großmutter« nannte. Aber dazu später mehr.

E' leichte Zeit war's net

1900 – 1914

Die Söhne waren nur vier Jahre zur Schule gegangen und machten bereits mit 14 eine Lehre beim Vater, der als Meister auch Lehrlinge ausbilden durfte. Die Tradition hätte es verlangt, dass sie in die Fußstapfen des Vaters treten, doch zur Zeit gab es einfach nicht genügend Arbeit. Selbst hier in der Provinz gab es einige Malermeister. Die Zeiten waren schlecht und das Geschäft wenig lukrativ. Johann, Adam und Anton kümmerten sich mit dem Vater gemeinsam um den Garten, das Vieh und die kleine Ernte. Während Adam schon früh geheiratet hatte und von zu Hause weggegangen war, verdiente Johann als Erntehelfer in umliegenden Dörfern ein Zubrot und Anton fand Arbeit in der städtischen Papierfabrik.

Ludwig Staudt war ein gebrochener Mann. Mittlerweile ging er auf die 60 zu, er hatte sein Leben lang hart gearbeitet und die vergangenen zwanzig Jahre waren alles andere als einfach gewesen. Ein Arbeitstag, der bei Dunkelheit begann und bei Dunkelheit endete, nur, um nicht Haus und Hof zu verlieren, war keine Seltenheit.

Nun saß er meist mit seiner Frau zu Hause, widmete sich ein wenig dem Garten oder machte gelegentliche Malerarbeiten für wenig Geld. Johann und Anton waren beide noch unverheiratet und lebten nach wie vor im Elternhaus. Nach Geburt der jüngsten Tochter hatte man die beiden Dachkammern provisorisch so ausgebaut, dass die Kinder dort schlafen konnten.

In Abständen von nur ein paar Jahren heirateten Johann und Anton zwei Schwestern, Walburga und Anna.

Für den damaligen Zeitpunkt zwar nicht ungewöhnlich, dass zwei Brüder zwei Schwestern heiraten sollten, sorgte es dennoch für Kopfzerbrechen bei dem Vater.

Gerne hätte er die Söhne mit Bauertöchtern versorgt gewusst, doch abgesehen davon, dass das ohnehin nicht zur Debatte stand, hätte er niemals die Mitgiften bezahlen können. Er besaß kaum mehr als das kleine Haus und das bisschen Land.

Die jungen Damen, denen die beiden Söhne den Hof machten, hatten ebenso wie Johann und Anton früh einen Elternteil verloren. Bei ihnen war es der Vater, der nur zwei Monate nach Geburt der jüngeren Tochter ganz plötzlich während der Feldarbeit zusammengebrochen und verstorben war.

Sie verband aber nicht nur das Schicksal von Halbwaisen, sondern auch das einer Kindheit in großer Armut. Die Mutter hatte nicht mehr geheiratet und als Magd auf einem Gutshof gearbeitet und später mit viel Herzblut einen kleinen Kolonialwarenladen eröffnet.

Ludwig Staudt einigte sich mit der Schwiegermutter seiner Söhne auf den gegenseitigen Verzicht einer Mitgift.

Johann zog in das Elternhaus seiner Frau und Anton hingegen erhielt das Haus, wobei er dem Vater mit seiner Frau lebenslängliches Wohnrecht einräumte.

Im Erdgeschoss zog das frisch vermählte Paar ein und die Alten lebten mit ihren jüngeren, noch unverheirateten Kindern von nun an in den oberen beiden Dachkammern.

Als kurz darauf, im Jahr 1914, der Weltkrieg ausbrach und Anton einberufen wurde, war seine Ehefrau Anna bereits schwanger.

Jetzt wird alles gut

1914

Während der Vater im Felde war, brachte Anna Staudt am 17. Juni 1914, einem milden, regnerischen Tag, eine Tochter zur Welt. Es wurde eine Amme aus der Nachbarschaft geholt und draußen vor den Häusern der Straße hatte sich eine kleine Menschenmenge versammelt. Einige hörte man beten, andere warteten nur voller Neugierde.

Als die Großmutter auf die Straße ging, um eine große Emailleschüssel zu leeren und »Ein Mädel haben wir!« rief, war ringsherum alle Anspannung verflogen, manche applaudierten sogar. Die Staudts waren allseits beliebt und da viele sich noch an die zurückliegende tragische Geburt erinnern konnten, freute man sich allerorts sehr über die freudigen Nachrichten.

»Mein lieber Mann«, schrieb Anna ihrem Gatten, »deine Tochter Walburga ist dir wie aus dem Gesicht geschnitten und sorgt für große Freude bei der gesamten Familie. In freudiger Erwartung auf deine Heimkehr, in Liebe, deine Anna.«

Walburga, genannt nach der Schwester der Mutter. Bewusst hatte Anna Staudt darauf verzichtet, ihrem Mann von ihrer Verzweiflung zu berichten. Dabei war sie verzweifelt wie vielleicht noch nie zuvor. Kaum Ertrag hatte das verkaufte Gemüse abgeworfen und der Sold, den Anton Staudt nach Hause schickte, reichte vorne und hinten nicht.

Und so fehlte es schon bald an allem. Als sie eines Morgens erwartungsvoll einen Brief des Jägerbatallions öffnete, dem Anton angehörte, verfinsterte sich ihre Miene. Der Brief stammte nicht von ihrem Mann. Eine Kamerad hatte ihr geschrieben, dass Anton verwundet worden war und nun irgendwo in einem Lazarett in Hessen lag. Aber selbstverständlich, so schrieb jener Kamerad, würde er dafür Sorge tragen, dass ihr der Sold weiterhin zugesandt würde. Doch auch wenn es sich Anna anfangs noch mit dem langen Postweg erklärte, so musste auch sie nach mehreren Wochen einsehen, dass dieser Mann seinen guten Worten keine Taten folgen ließ. Das Geld kam nicht. Ohne ein Lebenszeichen von ihrem Mann erhalten zu haben, stürzte sie sich noch tiefer in die Arbeit. Was wäre ihr auch Anderes übrig geblieben?

Anna hatte sich als Strohwitwe um alles zu kümmern. Die Schwiegereltern waren keine große Hilfe, im Gegenteil, nun galt es, die beiden, die nun eine der Dachkammern bewohnten, mit zu versorgen. Zwar halfen Antons jüngere Geschwister und hin und wieder Nachbarn oder auch Schwager Johann aus, doch da dieser die eigene Familie zu versorgen hatte, musste Anna das meiste weites gehend alleine bewerkstelligen. So war es ein Segen, dass Walburga bereits mit zwei Jahren den Kindergarten besuchen konnte. Eine glückliche Einrichtung, über dessen Eingang ein Messingschild verriet:»Gestiftet vom Prinzregenten Luitpold Karl Joseph Wilhelm von Bayern.«

Eine der zermürbendsten Arbeiten, waren die, die am Waschtag zu verrichten waren. Waschtag war immer mittwochs alle vierzehn Tage. In aller Herrgottsfrühe wurde der Ofen mit Reisig angeschürt. Jedes einzelne Wäschestück wurde im Zuber mit der Hand gebürstet und anschließend mehrmals durch kaltes Wasser gezogen. Dann musste es ebenfalls mit der Hand ausgewrungen werden. Bei sommerlichen Temperaturen trocknete die Wäsche recht schnell und sie konnte schon nach wenigen Stunden beginnen, das Bügeleisen mit glühenden Kohlen zu füllen, um zumindest von der wenig vorhandenen guten Wäsche zu bügeln. Im Winter jedoch, stellte dies eine Sisyphosarbeit dar, die kein Ende zu nehmen schien. Klirrende Kälte hätte die Wäsche draußen nicht nur nicht trocknen, sondern innerhalb kürzester Zeit gefrieren lassen, so dass sie stocksteif gewesen wäre. Hängte man sie aber über den geheizten Ofen, so trocknete sie derart schnell, dass Brandgefahr bestand. So blieb der Mutter nichts anderes übrig, die Wäsche von mehreren Personen quer durch die gesamte, ohnehin schon so winzige Wohnstube zu spannen. Als Dank erntete sie von der Großmutter, die am wärmenden Ofen saß und zusah, wie ihre Schwiegertochter sich abmühte, abfällige Bemerkungen. »Jetzt bist' schon Mutter und immer noch so eine schlamperte Hausfrau.« Doch ohne darauf einzugehen, widmete sich die junge Frau, der derlei Aussagen keineswegs nichts ausmachten, weiter ihrer Arbeit. In dem kleinen Garten wollte das angebaute Gemüse nur schlecht gedeihen. Hauptsächlich aus Sand bestand der Boden, der vor vielen Jahren mal das Fundament eines Hauses gewesen sein musste. Um bis zur wertvolleren Bodenschicht mit richtiger Erde zu kommen, musste man oft stundenlang graben. Die Großeltern waren wenigstens insofern eine Erleichterung, als dass sie stundenweise zumindest auf die kleine Walburga, wenn sie aus dem Kindergarten nach Hause kam, Acht geben konnten, während die Mutter von morgens bis abends schuftete. Im Kerzenlicht, wenn sonst schon alle schliefen, setzte sie sich an die Nähmaschine, die sie als ihren kleinen Wohlstand bezeichnete, und flickte die zerschlissene Arbeitskleidung. Längst nicht alle Männer der Nachbarn hatten in den Krieg gemusst und so gönnten sich einige der Nachbarsfrauen an Nachmittagen hin und wieder ein Ruhestündchen, während Anna Staudt sich bei brütender Hitze oder peitschendem Regen abrackerte.

Doch obwohl sie so Haus und Hof in Ordnung hielt, konnte sie kaum Geld verdienen, um die Familie ernähren zu können. Nur ein paar Mark hatten die verkauften Schwarzwurzeln aus dem Garten eingebracht. »Und von was soll ich heute Abend satt werden?«, meckerte die Großmutter, wenn Anna auf Grund der vielen Arbeit nach sechs Uhr abends noch nicht begonnen hatte, das karge Abendessen zuzubereiten. Schließlich wusste sie sich keinen anderen Rat und verkaufte eine der beiden Geißen, um das Geld aufzubringen, das sie für ihre kleine Tochter Walburga im täglichen Leben so dringend brauchte. Und wieder wusste die Großmutter das eine oder andere dazu sagen. »Jetzt bringt die uns um Haus und Hof, nur weil sie nicht im Stande ist, ein paar Mark zu verdienen.« Mit dem Großvater war im allgemeinen gut auszukommen und wenn er, was leider nicht allzu häufig vorkam, der Großmutter mit einem knappen aber lautstarken »Jetzt bist' stad'«, den Mund verbot, so hielt sich diese auch daran.

Es muss Anna Staudt endlos vorgekommen sein, als endlich der ersehnte Brief von Anton kam, in dem er mitteilte, dass er bald nach Hause kommen würde. Endlich würde nun alles leichter werden und Anna würde es das Herz leichter machen, wenn sie ihm endlich erzählen könnte, wie es ihr ergangen war.

Am Abend seiner Heimkehr kam Anna gerade aus dem Stall, wo sie die eine noch vorhandene Geiß versorgt hatte und die kleine Walburga saß beim Großvater auf dem Schoß vor dem Haus. Als der Vater aus der Ferne seine kleine Tochter erblickte, ließ er sein Gepäck fallen und rannte auf den elterlichen Hof.

»Soso, glorreiche Zeiten, die unser Kaiser uns da beschert hat«, murmelte der Großvater und zeigte nicht wirklich eine überschwängliche Freude, als er seinen Sohn in zerfetzter Kleidung, kaputtem Schuhwerk und ausgemergelter Statur vor sich stehen sah. Anna aber fiel der blecherne Milcheimer aus der Hand und rannte auf ihren Mann zu. Sämtliche Lebensgeister schienen in den sichtlich geschwächten Mann zurückzukehren, als er seine kleine Tochter auf den Arm nahm. In Sturzbächen liefen ihm die Freudentränen über das sonnengegerbte Gesicht. Selbst die Großmutter, die hinzugekommen war, wischte sich verstohlen eine Träne weg.

»Anton, oh Anton, endlich«, brachte Anna Staudt nur schwer über die Lippen.

Seine Familie in die Arme schließend sagte dieser schließlich: »Jetzt wird alles gut.«

So vieles hatte sich Anna vorgenommen, ihrem Mann zu berichten, von den schrecklichen zwei Jahren, die sie nahezu allein gewesen war. Doch nun hatte sie keinerlei Bedürfnis mehr dazu. Wie stolz hatte er doch ausgesehen, als er damals an jenem Oktobermorgen den Hof mit seiner blitzsauberen Uniform und den blinkenden Messingknöpfen verlassen hatte. Und nun? So erbärmlich wie er aussah, musste er Schreckliches erlebt haben. Dass er auch Wochen und Monate, ja zeitlebens nichts von seinen Kriegserlebnissen erzählte, sprach Bände. Ja, schwer war es gewesen, für sie allein mit dem erstgeborenen Kind. Aber was musste dieser Mann durchgemacht haben? Im Nachhinein war sie in ihrer Entscheidung bestärkt worden, ihm nicht ihr Leid zu klagen, über ihre entbehrungsreiche Zeit. Denn im Vergleich zu ihm war es ihr sicherlich noch tausend mal besser ergangen.

Das gebrochene Herz

1916-1919

Vom großen Krieg hatte man in Unterfranken wenig mitbekommen. Die Reparationszahlungen an die Franzosen beeinflussten die Bauern kaum und auch von der französischen Besatzungsmacht im Westen bekam man hier wenig mit.

Nach seiner Heimkehr aus der Armee konnte Anton Staudt seine Arbeit bei der Fabrik wieder aufnehmen und gemeinsam mit seiner Frau Anna hatte er auch die teilweise brachliegenden Äcker seiner Eltern wieder bebaut. Doch das genügte nicht. Nach der Geburt ihrer zweiten Tochter Anna, die man bald nur noch Annasche nannte, um sie und ihre Mutter auseinanderhalten zu können, war das Geld noch knapper geworden.

Antons Bruder Johann war in die Fußstapfen des Vaters getreten und ebenso Tünchemeister geworden und es mangelte ihm nicht an Aufträgen. So konnte er Antons Hilfe gut gebrauchen, denn auch wenn dieser kein Meister war, so hatte er das Tüncherhandwerk dennoch erlernt. Also arbeitete Anton nun von vier Uhr in der Früh bis mittags in der Fabrik, anschließend für ein paar weitere Stunden für seinen Bruder, um anschließend am frühen Abend aufs Feld gehen zu können. Der Arbeitstag endete für ihn und seine Frau selten vor zehn Uhr abends.

An diesem Sonntagmorgen war alles ein wenig anders als sonst. Die vierjährige Walburga hatte die Eltern schon in der Nacht nach oben zu den Großeltern gehen hören. Sie hatte sich aber nicht getraut, den Eltern einfach hinterher zu schleichen. Das gehörte sich nicht. Und wenn die Erwachsenen etwas besprachen, hatten die Kinder nicht dabei zu sein.

Walburga schaute aus dem Fenster der Schlafstube. Es regnete in Strömen, der gesamte Hof war aufgeweicht. Jetzt hätte sie Lust gehabt im Schlamm zu spielen, das blubberte so lustig. Aber wirklich tun würde sie das nicht. Die Angst wäre viel zu groß gewesen, die Kleidung zu beschmutzen. Und so spielte sie die Schlamm-Spiele nur in Gedanken und beobachtete die Hinkel, wie man die Hühner nannte, die in der Scheuer Unterschlupf suchten. Und während sie so in Gedanken versunken war, bemerkte sie Onkel Johann, der geradewegs über den Hof ins Haus kam. Er trug bereits seinen Sonntagsanzug. Dabei war es doch gerade erst hell geworden und noch lange keine Zeit für die Kirche. Auch er ging geradewegs nach oben zu den Großeltern. Außerdem stand im Hof noch ein Kutschwagen, der nicht den Staudts gehörte.

Und während sich die kleine Walburga noch wunderte, kam die Mutter mit dem Baby nach unten und nahm sie an der Hand. Die Großeltern hatten nur ein Zimmer im oberen Stockwerk für sich. Dort wurde gegessen und geschlafen. Die Stube war dunkel und die Dielen knarrten, als Walburga den Raum mit ihrer Mutter und der kleinen Schwester betrat. Da waren der Papa, Onkel Johann, deren jüngeren Geschwister und in der Mitte der Großvater, alle in ihrer Sonntagskleidung im Halbkreis um den großen Tisch. Am anderen Tischende stand der Hochwürden Herr Pfarrer und sprach irgendetwas in einer seltsamen Sprache. Sonst waren alle still und nur die große Standuhr, die der Großvater noch von seinen Eltern hatte, und auf Grund der Dachschrägen in dem kleinen Raum deplaziert wirkte, machte mühsam ihr gleichbleibendes Tick-Tack.

Jetzt sah Walburga auch, dass der Großvater weinte und die Mutter sagte ihr warum. Die Großmutter war in der Nacht gestorben. Jetzt hatte man ihr das schönste Kleid angezogen und in die Hand einen Rosenkranz gegeben.

»Warum trägt die Großmutter Schuhe?«, fragte Walburga. Es folgte ein langes Schweigen bis ihr Vater schließlich flüsternd antwortete: »Damit die Großmutter nicht barfuss auf Dornen in den Himmel gehen muss.«

Das schien einleuchtend.

Am Tag darauf ging der Großvater in die Stadt zum Standesbeamten, wo er den Sterbefall vortragen musste. Seine beiden ältesten Söhne hatten ihn auf dem mühsamen Fußweg begleitet. Es sollte das letzte Mal sein, dass der Großvater sein Grundstück verlassen würde.

Von nun an kam er zum Essen immer nach unten. Walburga mochte das, sie durfte dann bei ihm auf dem Schoß sitzen und an seiner Uhrkette spielen. Und mit großen Augen beobachtete sie, wenn der Großvater seine Taschenuhr an der langen goldenen Kette herauszog, den Deckel aufschnappen ließ und die Uhrzeit ablas. Die Uhr wurde mit zwei Schlüsseln aufgezogen, und manchmal, wenn Walburga auch versprach ganz vorsichtig zu sein, durfte sie die Uhr aufziehen.

Nach ein paar Monaten kam der Großvater nicht mehr so häufig zum Essen und die Mutter brachte ihm ein wenig Suppe oder einen Eintopf nach oben. Er blieb jetzt oft tagelang im Bett.

Als der Großvater knapp zwei Jahre nach dem Tod der Großmutter 1919 starb, wurde »Herzleiden« im Totenschein notiert. Doch Walburgas Vater wusste eine andere Erklärung. Als ihn seine Tochter fragte, an was der Großvater denn nun gestorben sei, sagte er: »An gebrochenem Herzen, mein Kind.«

»Ich habe ihn gemocht, den Großvater«, hatte mir meine Oma erzählt, als ich sie an ihrem 85. Geburtstags früh morgens besuchte und wir irgendwie wieder auf früher gekommen waren.

Ob er wirklich an »gebrochenem Herzen« starb, sei – obwohl man mittlerweile weiß, dass dieses Phänomen tatsächlich auftritt – dahingestellt, auch wenn meine Großmutter mir versicherte, dass dies genau die Worte des Vaters gewesen seien.

42 war er gewesen, der Großvater, als er die ledige Dienstmagd Kunigunde Weiskopf, die in dem winzigen Dorf Biebergau geboren worden war, heiratete. Eine ledige Dienstmagd, die einen Sohn mitbrachte. Jawohl, einen Sohn. Womöglich ein von der Herrschaft gezeugtes Kind? Gar nicht so unwahrscheinlich. Und genau diese Frau heiratet einen 42jährigen, nahezu mittelosen Witwer mit fünf Kindern. Wirkliche Liebe? Wohl kaum, aber »der Zweck heiligt die Mittel«, heißt es so schön. Und wer weiß, so etwas wie Liebe kann sich in den immerhin 25 Jahren, die sie noch miteinander verbrachten, ja durchaus entwickelt haben.

Rote Backen wie die deinigen

1919-1921

Ich notierte: 2. September 2001, ein guter Tag. Heute war Musik im Alten- und Pflegeheim. Immer noch widerstrebte es mir, diesen Ort »Altersresidenz« zu nennen. Ein herrlicher Spätsommertag und schon von drinnen war die Musik im Innenhof zu vernehmen. Zu meiner Überraschung saß meine Oma heute nicht im Rollstuhl. Seit meinem letzten Besuch waren drei Wochen vergangen und sie hatte in dieser Zeit emsig geübt, sich mit einer Gehilfe fortzubewegen.

»Beim Frisör war ich gestern, mein Bub«, sagte sie nahezu fröhlich.

Ich schaute auf ihre kurzgeschnittenen schneeweißen Haare. Eigentlich sah es wirklich gut aus. Für mich jedoch wirkte es ungewohnt, kannte ich sie von Kindheit an doch nur mit Dauerwelle und nussbraun gefärbtem Haar.

Eine der Pflegerinnen war wohl besonders um das Wohl der Bewohner bemüht. Sie hatte meiner Großmutter heute ein schönes Kleid angezogen. Ein Kleid, das ich noch von früher kannte, und das sie sonst nur bei besonderen Anlässen oder Geburtstagsfeiern getragen hatte.

Zum nach draußen gehen überredete ich sie schließlich, doch den Rollstuhl zu benutzen. Wir fuhren also gemeinsam den Aufzug hinunter, um dann in den Hof zu gehen und der Musik zu lauschen. Besonders viel Trubel war nicht. Ohne die Hilfe von Angehörigen oder eines liebenswerten Pflegers hatten viele der alten Menschen gar nicht die Möglichkeit dort hinzukommen.

Als wir uns einen schönen Platz gesucht hatten und ich mich auf eine nahegelegene Bank setzte, dachte ich:»Sie ist alt geworden, doch eigentlich ist alles wie immer.«

Fröhlich wippte sie mit dem Fuß zu den Melodien der Kapelle von»In München steht ein Hofbräuhaus.«Einige Lieder später wurde eine alter Nummer von Rudolf Schock gespielt. Ich war verblüfft als sie für sich leise, kaum hörbar für die anderen, mitsang:»Du bist die Welt für mich, ich liebe dich, nur dich.«

Ich genoss den Nachmittag nicht weniger als sie und»Jetzt trink' mer' noch a Flascherl Wein«animierte mich nahezu auch, mitzusingen. Plötzlich tippte mich meine Oma an.

»Wie spät ist es denn?«.

«Viertel vor drei.«

»Du lieber Gott im Himmel. Haben wir so die Zeit vergessen?«

»Du hast doch heute keinen Termin mehr, Oma.«

»Was weißt du, was ich für Termine habe.«

»Oma…« Doch alle Erklärungsversuche wären zwecklos gewesen.

Sie war davon besessen, dass sie dabei war, etwas zu versäumen und auch sie zu beruhigen war nicht einfach.

»Oma, wie war das damals?«, fragte ich während ich Tür ihres Zimmers hinter mir schloss.

Ungewohnt war es im Haus, so ganz ohne die Großeltern. Die wenigen Habseligkeiten wurden unter ihren Kindern aufgeteilt. Von den Geschwistern des Vaters lebte mittlerweile nur noch Josefine im Elternhaus. Sie war unverheiratet geblieben, ging der Familie in Haus und Garten ein wenig zur Hand und durfte im Gegenzug eine der beiden Dachkammern im Hause behalten.

Walburga und das kleine Annasche bekamen ihr neues Zimmer dort, was einmal die Stube der Großeltern gewesen war.

Im Jahre 1921 gab es im Hause Staudt erneut Nachwuchs. Anton war auf seinen kleinen Stammhalter besonders stolz. In Erinnerung an den Großvater wurde der kleine Bub auf den Namen Ludwig getauft.

Im Hause Staudt wohnten nun die Eltern, drei Kinder und die ledige Tante. Nach dem Tod von Antons Eltern war mehr Platz und man wohnte nicht mehr so beengt.

Mutters Mutter, Walburgas Großmutter, war noch am Leben und wohnte nach wie vor bei Onkel Johann.

Anton nannte seine Schwiegermutter Greta, die Kinder sie »Großje«. Obwohl die Großmutter bei Onkel Johann wohnte, kam sie täglich vorbei. Mit ihren rund sechzig Jahren war sie noch ziemlich rüstig und konnte den Eltern auch noch eine große Hilfe sein. Sie versorgte die Kleinsten, wenn die Eltern auf dem Feld waren, bereitete schon das Essen vor, oder jätete Unkraut.

Beim Abendessen war es stets der Großmutter vorbehalten, einen Ringel Griebenwurst auf sechs Personen zu verteilen. Sie schaute dabei am Tisch herum, setzte das Messer an und schnitt mit perfektem Augenmass exakt sechs gleichgroße Stücke.

Als die etwa neunjährige Walburga sich eines abends aber beschwerte, ihr Stück sei viel kleiner gewesen als das der Geschwister, stand die Großmutter auf und verpasste ihrer Enkelin eine Ohrfeige, dass ihr beide Wangen hochrot anliefen.

Der Vater schaute kurz in Runde, legte sein Stück Wurst auf den Teller seiner Tochter, strich ihr durchs Haar und sagte: »So sehr hungrig bin ich nicht.«

Nun waren Walburgas Wangen nicht mehr nur wegen der Ohrfeige rot, sondern auch auf Grund der Beschämtheit, die in ihr aufkam. Am Tisch war schweigende Stille, als sie das zweite Stück Wurst, ganz ohne es genießen zu können, aß. Alles was man vernehmen konnte, war der knurrende Magen von Walburgas Vater.

Am nächsten Tag, immer noch vom schlechten Gewissen geplagt, ging Walburga ganz alleine auf den Aschaffenburger Wochenmarkt. In ihrer Schürzentasche hatte sie all ihre Ersparnisse, die sie sonst unter ihrer Matratze aufbewahrte. Auf dem Markt angekommen, suchte sie den schönsten, größten und rötesten Apfel aus und kaufte ihn. So schnell wie sie konnte rannte sie nach Hause. Schon von weitem sah sie den Vater auf der Wiese stehen, der dabei war, die Sense zu dengeln.

»Für dich, Papa«, sagte sie bescheiden und hielt ihm den saftigen Apfel hin.

»Dank dir recht schön mein Madl! Na, der Apfel hat ja bald so rote Backen wie die deinigen von gestern Abend!«

Da mussten beide schließlich lachen und nahmen sich in den Arm.

Eine wirklich unbedeutende Episode, nicht wahr? Aber warum konnte sich meine Großmutter nahezu achtzig Jahre später noch so genau an die Einzelheiten erinnern und warum erzählte sie mir gerade diese Geschichte? Vielleicht doch nicht so unbedeutend. Es ist ihr wohl wirklich eine Lehre fürs Leben gewesen, denn ich habe zeitlebens stets nur mitbekommen, wie sie andere ermutigte, den beispielsweise letzten Kloß zu nehmen. Nie war sie es, die ihn nahm. Etwas also, das sich ganz fest verankert und tiefen Eindruck auf die damals etwa – neunjährige Walburga gemacht hatte? Ja, denn ihr Handeln wurde durch diese so unscheinbare Episode in ihrem weiteren Leben beeinflusst. Erst du und dann ich, das war stets ein Leitspruch gewesen, nach dem sie handelte. Erst die Bedürfnisse anderer und dann – wenn überhaupt – ihre. Und alles das, weil ihr an einem Tag in ihrer Kindheit bewusst geworden war, dass sie sich unmäßig verhalten hatte? Wenn ich mich an den Nachdruck erinnere, dem sie dieser Geschichte verlieh, so glaube ich wirklich, dass es genau einer dieser Erlebnisse war, die sie so entscheidend geformt hatten.

Aber draußen scheint die Sonne

1923

Der Vater genoss das Familienleben trotz der scheinbar nie enden wollenden Arbeit in vollen Zügen. Wenn andere Männer aus dem Dorf Kartenspielen gingen, oder sich im Wirtshaus vergnügten, nutzte Anton die Zeit, sich seinen Kindern zu widmen.

So schnitzte er dem kleinen Ludwig beispielsweise eine Eisenbahn aus Ebenholz und goss dem Annasche ein Spielzeugpferd aus einer alten Zinnkanne.

Für Walburga ging er auf allen vieren, mimte das Pferd auf dem sie reiten durfte.

An einem Abend kam der Vater gerade aus der Fabrik nach Hause. Die Jacke über den Arm geworfen, das Hemd von der schweren Arbeit schweißdurchtränkt und die Schuhe staubig von dem dreiviertelstündigen Weg aus der Stadt.

»Lasst den Vater erst mal ein wenig ruhen!«, mahnte die Mutter die Kinder an, die schon im Begriff waren, ihn nahezu über den Haufen zu rennen.

Doch kaum hatte sie den Satz gesagt, war Ludwig schon auf den Schultern und Anna auf dem Arm des Vaters, Walburga lief nebenher.

«Ihr seid unmöglich«, schimpfte die Mutter, »Der Vater hatte einen harten Tag!«.

«Lass gut sein, Anna«, hielt er seine Frau zurück. Nachdem er »Kinder, gebt mir fünf Minuten«, gesagt hatte, ging er zu der großen Waschschüssel, die immer vor dem Haus stand und wusch sich mit eiskaltem Wasser aus dem Brunnen Hände und Gesicht.

Dann wandte er sich wieder seinen Kindern zu und zauberte aus seinen Hosentaschen für alle drei je eine Zuckerstange hervor. Wie im Chor sprachen die drei »Dankeschön, Vater« und Walburga macht einen Knicks.

«Ist schon recht«, erwiderte Anton, ging zu seiner Frau, die im Hauseingang stand und sagte:»Für dich hab' ich auch was.« Aus einem kleinen Päckchen, das er in der Jackentasche verstaut hatte, wickelte er aus vielen Schichten Papier einen schimmernden Gegenstand hervor. Es war ein Schneebesen, den sich seine Frau schon lange gewünscht hatte.

»Oh, Anton...« es war ihr kaum möglich, ihre Freude in Worte zu fassen, so sehr war die Überraschung gelungen.

Dann ging der Vater ins Haus, zog sich ein frisches Hemd an und rief seine Kinder:»Lug, Annasche, Wally, jetzt können wir spielen!«

Alle durften auf dem Pferd reiten. Der Vater trug erst Ludwig, dann die kleine Anna durch die gesamte Wohnung. Walburga hatte den jüngeren Geschwistern den Vortritt gelassen, aber nicht ohne ungeduldig hinter dem Pferd mit dem jeweiligen Reiter hinterher zu laufen und darauf zu hoffen, dass der Vater nun sie auffordern würde. Sie hatte sich nicht vertan, die Geschwister waren lange genug geritten und zur Mutter in die Küche gegangen. Nun war sie die Reiterin, eine stolze, reiche und hübsche Prinzessin mit schönen Kleidern auf einem großen und staatlichen Pferd. Der Vater musste viele Runden drehen, denn Walburga wurde ihres Ausritts nicht müde.

Als sie aus der Wohnstube ein erneutes Mal den Hausflur hinunter galoppierten, passierte es. Walburga stürzte so unglücklich von dem Rücken ihres Vaters, dass sie mit voller Wucht gegen die Haustür und schließlich regungslos zu Boden fiel.

»Um Gottes Willen!!« schrie der Vater förmlich, so dass man es im ganzen Dorf hören musste. Die Mutter kam aus der Küche gestürmt und schrie ebenfalls:»Heilige Muttergottes, Anton, was hast du gemacht!«

Der Vater drehte den zierlichen leblosen Körper vorsichtig auf den Rücken und erschrak fürchterlich. Die Mutter musste sich abwenden. Was passiert war:

Die neunjährige Walburga war nicht nur an die Haustür geprallt, sondern hatte sich an den dort für die nächste Schlachtung bereithängenden Fleischerhaken den rechten Unterarm aufgeschnitten und war blutüberströmt.

Die Mutter rannte in die Küche holte Tücher und heißes Wasser, die Großmutter half ihr dabei. Der Vater hob Walburga, die immer noch bewusstlos war, hoch, trug sie ins Elternschlafzimmer und legte sie aufs Bett. Dann griff er sich seinen Hut, und rannte so schnell er konnte zum Arzt. Dies war einer der Situationen, in denen er seine finanzielle Situation verfluchte. Hätte er doch einen Wagen und Pferd gehabt.

So verstrich ein ungemein lange Zeit, bis Doktor Hufnagel kam.

Walburga hatte die Augen geöffnet und schaute direkt in die Augen des Arztes und dessen auf der Nase sitzenden Nickelbrille.

»Au weh, au weh, au weh«, sprach dieser und schüttelte den Kopf. »Du bist mir ein Glückspilz, Madl!« Dann wandte er sich den Eltern zu: »Die Wunde ist ziemlich tief und sie hat recht viel Blut verloren, aber nach ein paar Tagen Bettruhe wird's ihr besser gehen. Ihr könnt ihr auch einen Schnaps geben, damit sie schneller zu Kräften kommt. Den Arm muss sie halt schonen und ihr müsst täglich den Verband wechseln.«

Den Eltern fiel ein Stein vom Herzen. Die Arztrechnung brauchte zwar ihr letztes bisschen Geld für diesen Monat auf, aber sie waren heilfroh, dass alles recht glimpflich ausgegangen war. Denn wie ihnen der Arzt sagte, hätte es auch ganz anders enden können.

Walburga genas recht schnell und stand bereits nach zwei Tagen wieder auf, wo bei sie von der Großmutter zurück ins Bett gescheucht wurde. »Herrschaftszeiten, Kind, gib halt noch ein paar Tage ruh!«

Doch das wollte Walburga nicht. Sie versäumte die Schule und sah die Freundinnen nicht wenn sie im Bett herum lag: »Großje, bitte«.

»Du bleibst hier und wenn ich dich anbinden muss.«

«Aber draußen scheint die Sonne.«

«Ja, und die wird noch dein ganzes Leben lang da sein, mein Kind!«

»Siehst du, die Narbe habe ich noch heute«, sagte meine Oma und versuchte, ihre Bluse hochzukrempeln.

»Ja, Oma. Das hätte ja wirklich böse ausgehen können.«

»Ja, man weiß es nicht.« Wir schwiegen beide eine Weile, dann beendete sie die Stille.

»Du, mein Lieber, schön, dass du heute bei mir warst, aber du weißt ja die Zeit drängt.«

Sie wollte zurück auf ihr Zimmer und verlangte, dass ich nach Hause fuhr.

«Ich komme nächste Woche wieder, Oma.«

»Wie du meinst, aber wir sind in Verzug. Nicht im Plan. Zu spät. Und ich muss doch endlich nach Hause.«

Lieber still und leise

1924

Ich hatte einen Vormittag frei und so entschied ich spontan, meine Oma zu besuchen. Als ich gegen 9.45 Uhr dort ankam, saß sie noch im Aufenthaltsraum. Im Fernsehen lief ein alter Film mit Vico Torriani in für mich unerträglicher Lautstärke.

»Guten Morgen, Oma!« rief ich ihr schon beim Betreten des Raumes zu.

»Bitte? Wer sind Sie jetzt?«

»Na, ich bin es. Florian.«

«Florian«, wiederholte sie.

»Wie geht's dir heute, Oma?«

«Ach, gut geht's mir, sehr gut, ich kann nicht klagen.«

Das war eine ungewohnte Aussage von ihr. Früher, als sie noch zu Hause wohnte, antwortete sie auf diese Frage stets mit einer ellenlangen Aufzählung ihrer Gebrechen, erzählte welche Medikamente sie nehmen musste, was sie essen und nicht essen durfte und so weiter.

Heute war ihr keinerlei Beklagen und Jammern mehr zu entlocken. Was macht die Schule?«, fragte sie mich.

«Ich habe doch schon vergangenen Sommer Abitur gemacht«, antwortete ich.

»So, Abitur. Wunderbar. Dann bist du deinem Berufswunsch ja wieder ein Stück näher. Du hast mir ja immer gesagt, dass du Lehrer werden möchtest.«

Da hatte sie nicht ganz Unrecht. Als kleiner Junge, hatte ich immer den Berufswunsch gehegt, Lehrer zu werden. Dass dies schon lange nicht mehr zutraf, wollte ich ihr nicht sagen.

»Weißt du«, fuhr sie fort, »Lehrerin wäre ich vielleicht auch gerne geworden.«

«So, das wusste ich ja gar nicht!«, entgegnete ich verwundert. »Erzähl mir das doch mal!«

Ein Werktag begann für die zehnjährige Walburga stets um fünf Uhr morgens. Der Vater war bereits unterwegs zur Frühschicht in die Fabrik und die Mutter versorgte die Tiere. Walburga hatte sich um die zwei kleinen Geschwister zu kümmern, sie zu waschen und anzuziehen. Dann machte sie das Frühstück, das aus einer Schüssel mit Wasser gestreckter Milch, und ein wenig Brot bestand, das in der Milch aufgeweicht wurde. Während das Annasche und Lug schon frühstückten, rannte Walburga schnell über den Hof zum Stall, wo sie kontrollierte, ob die Hühner Eier gelegt hatten und diese anschließend fütterte. Die Mutter kümmerte sich immer um die Schweine und die Geißen, die Hühner waren Walburgas Aufgabe.

Lug ging noch nicht zur Schule, er blieb zu Hause bei der Mutter.

Die Schule fing um sieben Uhr an und um pünktlich zu kommen, nahm Walburga ihre jüngere Schwester an der Hand und sie machten sich gemeinsam auf den Weg. In machen Dörfern begann die Schule auch erst um acht, aber in Schweinheim hatten sich die Eltern für einen früheren Schulanfang eingesetzt, damit sie ihre Kinder entsprechend zeitig auch wieder zu Hause hatten, dass diese ihnen bei der Arbeit behilflich sein konnten.

Der heutige Freitag war nicht irgendein Schultag, nein, heute stand etwas besonderes auf dem Programm. Es gab Zeugnisse.

Nach dem Walburga ihre Schwester in ihren Klassenraum gebracht hatte, ging sie zu dem ihrigen. Der gestrenge Rektor stand mit seinem blütenweißen und gestärkten Stehkragen und der schwarzen Fliege im Treppenhaus und kontrollierte, die Uhr in der Hand, akribisch, ob auch niemand zu spät kam. Die Lehrerinnen in der katholischen Schule waren Nonnen, die sich weniger durch ihre Frömmigkeit, als durch ihre furchtbar strenge Art auszeichneten. Es verging kaum ein Tag, an dem nicht eines der Mädchen Schläge mit dem Rohrstock bekam, oder in der Ecke stehen musste.

Die Kinder hatten Platz genommen, erhoben sich aber unverzüglich, Zinnsoldaten gleich, als die Lehrerin den Raum betrat. «Guten Morgen, Mutter Oberin!« riefen sie im Chor. Nach der Begrüßung wurde erst einmal gesungen.»Wem Gott will rechte Gunst erweisen«, mochte Walburga besonders gern und da sie das Singen als ihre Leidenschaft entdeckt hatte, war das ein schöner Anfang für einen ereignisreichen Tag. Wenngleich sie keine Ahnung hatte, wie ereignisreich er werden sollte.

»Nehmt Platz, Kinder«, sprach die Nonne mit monotoner Stimme.»Wie ihr wisst, gibt es heute Zeugnisse. Versetzt werden alle, doch bei einigen werden eure Eltern über die Noten nicht hocherfreut sein!«

Dann durfte die Klassensprecherin helfen, die Zeugnisse zu verteilen. Dies wurde alphabetisch gemacht, so dass sich die Staudt Walburga noch ein wenig gedulden musste.»Staab, Mathilde, Staudt, Walburga!«

Walburga streckte die Hand aus um das Zeugnis entgegen zu nehmen, doch die Frau Oberin gab es ihr nicht.»Walburga Staudt!«, sagte sie in einem Tonfall, dass alle Schüler zusammenzuckten,»mit deinem Vater werde ich heute reden müssen. Du kommst nach dem Unterricht zu mir und ich gehe mit Dir nach Hause«. Dann gab sie ihr endlich das Zeugnis.

Walburga hatte es verdeckt vor sich auf die Schulbank gelegt und wagte es nicht, sich die Zensuren zu betrachten. Auf Drängen ihrer Banknachbarin drehte sie das Zeugnis schließlich doch um.

Ihr Herz schlug bis zum Hals, als sie langsam zu lesen begann:

«Walburga Staudt, geboren am 17. Juni 1914 zu Schweinheim, katholischer Religion, Tochter des Anton Staudt, hat im Schuljahr 1923/24 folgende Leistungen erbracht:

Rechnen: hervorragend
Deutsche Sprache: hervorragend
Schönschreiben: hervorragend
Heimatgeschichte: hervorragend
Fleiß und Betragen: hervorragend
Leibesertüchtigung: hervorragend«

Walburga fiel ein Stein, nein, ein Felsbrocken vom Herzen. Doch warum wollte die Frau Lehrerin mit dem Vater reden? Sie sollte es bald erfahren.

Nach dem die Schüler in die Sommerferien entlassen wurden, ging Walburga mit der Nonne aus dem Klassenraum. Draußen wartete schon die kleine Schwester. Gemeinsam machte man sich auf den Weg. Während die Lehrerin das Annasche nach deren

Zensuren fragte, sagte Walburga kein Wort und grübelte, was die Lehrerin von ihrem Vater nur wollen würde. Ihr Zeugnis bewies es doch, dort stand es schwarz auf weiß. Sie war eine sehr gute Schülerin, eigentlich bestand doch kein Anlass zu Kritik oder Tadel.

Als sie in den Hof des Elternhauses einbogen, sahen sie schon den Vater. Er war gerade dabei, zum Mittagessen ins Haus zu gehen und schon von weitem sah man ihm die Überraschung des Besuchs an.

»Gelobt sei Jesus Christus«, sagte er, nachdem er den Hut vom Kopf genommen hatte.

»In Ewigkeit Amen. Grüß Gott Herr Staudt. Ich müsste mit Ihnen reden.

Der Vater zögerte einen Moment, sagte dann aber: »Ja, selbstverständlich. Kinder, geht ins Haus.«

Er schaute den Kindern nach, bis sie in der Wohnstube verschwunden warn und bot der Nonne dann einen Platz auf der Bank vor dem Haus an:

»Hier, bitte sehr.«

»Danke, ich bleibe stehen. Es geht um Ihre Tochter Walburga. Herr Staudt, wie Sie wissen werden, gab es heute Zeugnisse.«

»Ja. Macht sie denn Probleme?«

»Im Gegenteil, sie ist eine vorbildliche Schülerin mit den besten Zensuren des gesamten Jahrgangs.«

»Tatsächlich? Das freut mich aber.«

»Sie können auch wirklich stolz sein. Und das Lehrerkollegium ist es auch. Deswegen haben wir beschlossen, Walburga nach den Sommerferien auf das Oberschulen Mädcheninternat nach Würzburg zu schicken.«

»Nach Würzburg?«

»Ganz recht. Dort bekommt sie die beste Schulbildung im gesamten Bezirk. Etwas, was wir ihr hier nicht bieten können. Und mit wir, meine ich auch Sie, Herr Staudt.«

Der Vater schwieg eine ganze Weile und nach einem Seufzer fing er an:

»Wissen Sie, das sind verrückte Zeiten. Die letzten Jahre haben uns alle kaputt gemacht. So eine Schule kostet doch Geld, nicht wahr?«

»Ja, Herr Staudt, aber Sie sollten bedenken…«« weiter kam sie nicht, der Vater schüttelte bereits den Kopf:»Wir haben keine Möglichkeit, zusätzlich Geld für eine schulische Ausbildung aufzutreiben. Sie werden es doch selbst wissen, welche Zeiten hinter uns und – Gott bewahre – vielleicht noch vor uns liegen. Es ist noch nicht lange her, da musste ich meinen Lohn in der Fabrik noch am gleichen Tag ganz und gar ausgeben, um wenigstens etwas dafür kaufen zu können. Einen ganzen Tag habe ich arbeiten können, um ein Pfund Butter zu kaufen! Aber was erzähle ich Ihnen, das wissen Sie genauso gut wie ich.« Nochmals hielt er inne, bevor er ein wenig sanfter fortfuhr.»Hören Sie, ich bin nur ein einfacher Arbeiter und kann mit dem, was ich in der Fabrik verdiene kaum meine Familie ernähren. Außerdem dürfen Sie nicht vergessen, dass ich insgesamt drei Kinder habe. Dazu kommt, dass wir hier auf unsere Walburga angewiesen sind, wir brauchen ihre Hilfe. Wenn sie in Würzburg zur Schule geht, fehlt uns eine ganze Arbeitskraft.«

»Herr Staudt«, setzte die Nonne erneut an,»Sie sollten bedenken, dass nicht jede Schülerin solch eine Möglichkeit erhält.«

»Ich weiß, aber verstehen Sie doch, es ist unmöglich.«

»Sie sollten es sich in Ruhe überlegen.«

»Da gibt es nichts zu überlegen, es tut mir leid. Ich danke Ihnen für Ihre Bemühungen und dass Sie extra hier raus zu uns gekommen sind. Guten Tag.«

Die Lehrerin sah ein, dass es wenig Sinn machte, es weiter zu versuchen, sagte ein knappes»Auf Wiederschauen, Herr Staudt« und verließ den Hof.

Drinnen stand Walburga, die alles mitangehört hatte, am Küchenfenster und beobachtete den Vater. Noch immer saß er auf der Bank und verdeckte mit beiden Händen sein Gesicht. Dann stand er auf und ging langsam in die Küche. Als er Walburga sah, rannen ihm die Tränen über die Wangen. Noch bevor er beginnen konnte, ihr alles zu erklären, sagte Walburga:»Ist schon recht, Papa. Ich mag ohnehin nicht weg von hier. Ich bin doch hier daheim. Das würde ich nie eintauschen wollen.« Da war der Vater erleichtert und strich seiner Tochter durch die Haare.

Doch spät am Abend, als alle bereits zu Bett gegangen waren, stand Walburga wieder am Fenster. Es regnete und die Tropfen prasselten auf die Fensterscheiben.

»Lustig«, dachte sie,»Der Himmel weint auch« und wischte sich die Tränen weg.

Sie hatte am Nachmittag gelogen. Oftmals gab es Situationen, in denen sie den tristen Alltag liebend gerne für einen Schulbesuch in einer anderen Stadt eingetauscht hätte. Außerdem war es die Aufgabe des Traumes, einmal Lehrerin werden zu können. Doch sie hatte kein Recht, dem Vater das Herz schwer zu machen, der alles, was in seiner Macht stand, für seine Familie tat.

Nein, das würde sie nicht tun. Dann lieber still und leise, gemeinsam mit dem Himmel in ihrer Kammer weinen.

Ist schon recht, Anton!

1926

Ich erwachte äußerst früh an diesem Dienstagmorgen. Der Blick auf den Wecker verriet es: 5:31 Uhr. Ausgerechnet an dem Tag, an dem ich frei hatte. Ich wälzte mich noch einige Zeit im Bett umher, konnte aber nicht mehr einschlafen. Nach einer Dusche und einem knappen Frühstück beschloss ich, meiner Oma einen Besuch abzustatten. Als ich ihr Zimmer gegen 8:15 Uhr betrat, war sie bereits komplett bekleidet und starrte aus dem Fenster. Es regnete in Strömen, donnerte und gewitterte.

»Das richtige Wetter für so einen Tag«, sagte sie. Ich wusste nicht, was sie meinte und sagte nur:

»Hm.«

»Oma«, sagte ich, »ich dachte, du magst mir vielleicht ein bisschen von früher erzählen?«.

»Von früher, nein, tut mir leid. Aber von heute.« Sie wiederholte es nochmals. »Nicht von früher, aber von heute. Aber von heute.«

Ich ließ mich auf einen Stuhl niedersinken und ließ sie erzählen.

Die wirtschaftlichen Umstände Mitte der zwanziger Jahre machte nun sämtlichen Bevölkerungsschichten zu schaffen. Wenigstens die Bauern konnten sich noch selbst versorgen.

Doch die Staudts waren keine Bauern. Schon seit Generationen verdienten sie sich das Geld als Tüncher oder Arbeiter. Viehzeug und Landwirtschaft hatte man nebenbei, aber nicht genug, um davon eine große Familie versorgen zu können. Die Geburt von Tochter Josefine im Jahre 1925 sorgte für zusätzliche Ausgaben.

Die Eltern saßen am Tisch in der Stube und rechneten. Der Vater hatte den Kopf in die Hände gestützt und atmete schwer. Schließlich griff er sich in die Hemdtasche, legte ein kleines Bündel Papiergeld auf den Tisch und sagte schließlich, wobei ihm die Stimme zitterte:»Anna, es tut mir so leid. Aber ich bekomme nun noch weniger Geld, bei gleicher Arbeit. Ich weiß nicht, wie es weitergehen soll.«

Die Kinder standen in der Ecke Spalier. Walburga hatte das kleinste auf dem Arm und wies den Lug und das Annasche an, keinen Mucks zu machen. In so einer Situation durften die Eltern nicht gestört werden, das wusste sie.

Die Mutter hatte eine Weile überlegt.»Anton, ich weiß es auch nicht. Im Laden habe ich anschreiben lassen, aber mit deinem Lohn können wir nicht einmal die Hälfte der Rechnung begleichen.«

Walburga biss sich auf die Lippe. Ursprünglich hatte sie heute vor gehabt, die Eltern darum zu bitten, den Kindern neue Griffel, also Bleistifte, für die Schule zu kaufen. Aber das würde sie jetzt nicht tun. Nein, nicht wo die Eltern mit jedem Pfennig rechnen mussten.

Der Vater weinte bitterlich, die Mutter war aufgestanden um ihm über den Rücken zu streichen.

»Bisher haben wir es noch immer irgendwie geschafft.«

Das stimmte zwar, aber in solch einer zugespitzten Situation hatten sie sich noch nicht befunden. Hinzu kam, dass die ohnehin kleine Ernte im Sommer 1925 durch mehrere starke Sommergewitter dem Erdboden gleichgemacht worden war. Sämtliche Lebensmittel mussten nun auch gekauft werden, die Kinder brauchten Stoff für neue Kleider und auch aus den Schuhen waren sie bereits wieder herausgewachsen.

Onkel Johann ging es als selbständigem Tüncher noch ein wenig besser, aber auch er hatte nicht genügend Arbeit, um dem Vater zu einer zusätzlichen Beschäftigung zu verhelfen. Wie die Eltern sich auch abmühten, die Schulden war nicht nur nicht zu tilgen, sie stiegen immer weiter an.

An einem Nachmittag kam die Mutter aus dem Kolonialwarengeschäft Kullmann nach Hause und hatte nicht mehr einkaufen können. Schnell sprach es sich herum, dass die Familie des »Käspers« Anton verschuldet war.

Es gab niemanden, der ihnen hätte helfen können. Onkel Johann machte es schwer zu schaffen, dass er seinem jüngeren Bruder keinerlei Unterstützung zukommen lassen konnte.

Es kam so, wie es kommen musste. Der Vater wollte sich gerade auf den Weg in die Fabrik machen, da stand der Herr auf dem Hof. In einer Kutsche war er vorgefahren, trug einen feinen Anzug samt Zylinder und hatte seinen Spazierstock unter den Arm geklemmt.

«Sind Sie Herr Staudt?«, fragte er mit nüchterner Stimme. Der Vater nahm den Hut ab und streckte dem Herrn die Hand entgegen, die dieser nicht nahm.

»Herr Staudt, ich bin Vollzugsbeamte Brandner vom Amtsgericht Aschaffenburg.«

Walburga, die gerade bei den Hühnern gewesen war, beobachtete, wie der Vater kreidebleich anlief und sich setzen musste.

»Herr Staudt«, setzte der Beamte erneut an, »Sie sind sich über Ihre Zahlungsrückstände ja sicher im Klaren«.

Anton Staudt antwortete mit belegter Stimme: »Ja, selbstverständlich. Aber sehen Sie, das alles wäre nicht so weit gekommen, wenn nicht auch noch die Ernte dahin wäre. Die Kinder wollen schließlich auch versorgt sein. Aber ich kann Ihnen garantieren, Herr Vollzugsbeamter, dass meine Frau und ich…« Weiter kam er nicht.

»Ja, Herr Staudt, das mag ja alles sein. Aber Schulden wollen bezahlt werden und da kann nun einmal keine Rücksicht auf

Gründe und Ursachen genommen werden. Es bleibt mir in Ihrem Fall leider nichts anderes übrig, als die Zwangsversteigerung Ihres Grund und Bodens zu beantragen.«

»Nein! Das können Sie nicht tun!« rief die Mutter, die mittlerweile aus der Küche nach draußen gekommen war. »Frau Staudt, nehme ich an?«, fragte der Beamte. »Ich kann es nicht nur tun, ich muss es tun. Wie gesagt, die Gläubiger haben ein Recht an ihr Geld zu kommen. Und es wäre ja nicht so, dass sie nichts hätten. Sie haben ja immerhin, wie ich sehe, das kleine Haus und auch ein wenig Landwirtschaft, Vieh und so weiter. Und wenn man nicht bezahlen kann, muss eben dafür gesorgt werden, dass man es kann. Was wir durch die Zwangsversteigerung auch sicher erreichen werden.«

Anton Staudt rang um Worte, konnte aber keinen klaren Gedanken fassen. Der Gedanke, Haus und Hof zu verlieren, war unfassbar. Nicht nur, dass es alles war, was er besaß, wäre die Versteigerung des Besitzes auch der totale soziale Abstieg, aus dem eigentlich keinerlei Ausweg zu finden sein würde. Hatte man kein zu Hause, verlor man meist seine Arbeit und konnte sein Brot lediglich als Tagelöhner und Hilfsarbeiter verdienen, was aber mit Frau und Kind kaum möglich war.

Auch die Mutter hatte erkannt, dass Widerrede bei dem Vollzugsbeamten keinerlei Zweck hatte. Im Gegenteil, es verursachte bei dem besagten Herrn nur, dass dieser noch mehr auf seine Autorität aufmerksam machte.

»Herr und Frau Staudt, ich möchte Sie nun bitten, mir Ihren Besitz zu zeigen, damit ich mir ein Bild machen kann.«

Dem Vater blieb nichts anderes übrig, als der Anweisung zu folgen. Die Kinder standen wie die Orgelpfeifen im Hauseingang, wobei nur Walburga das Ausmaß wirklich erfassen konnte, die anderen waren noch zu klein.

Sie sah den Vater mit dem feinen Herrn umher gehen und konnte nur teilweise hören, was sie sagten. »Ja, das bringt ein wenig«, oder »so gut wie wertlos« und schließlich »Nach der Kirche, am Sonntag um elf Uhr.«

Es war also endgültig. Was sollte nur werden? Bisher hatten die Eltern immer eine Lösung gewusst, aber beim Abendessen an diesem Tag suchten die Eltern keinen Weg aus den Schwierigkeiten. Sie sprachen überhaupt nicht und das war schlimmer als alles andere.

Walburga wusste, dass Versteigerungen dieser Art sehr beliebt im Umkreis waren. Oftmals hatte man die Möglichkeit günstig an Vieh, Mobiliar oder gar Grundbesitz zu kommen.

Auf dem Weg zur Schule am nächsten Tag sah Walburga ihren Familiennamen auf einem Zettel, der an einem Laternenmast hing, schon von weiter Entfernung. Als sie näher kam, war zu lesen:

»Zwangsversteigerung des Anwesens Staudt, Anton, vormals Staudt, Ludwig Leidersbachergässchen No. 7, zu Schweinheim am Sonntag um elf Uhr.

Versteigert wird Grundbesitz samt Haus sowie separat sämtliches Mobiliar.«

Walburga riss den Zettel herunter, ihr stiegen Tränen in die Augen.

Die Staudts gingen am Sonntag wie gewohnt zur Kirche. Die Mutter hatte den Kindern die schönsten Kleider angezogen und auch der Vater trug seinen Gehrock samt Vatermörder, den er sonst nur zum Pfingstfest oder allenfalls zu Weihnachten aus dem Schrank holte. Als sie nach dem Schlusslied die Kirche verließen, wechselten sie kein Wort mit den Nachbarn und gingen geradewegs nach Hause. Bereits jetzt war schon zur erkennen, dass viele Menschen trotz des strömenden Regens den Staudts folgten. Im Hof des Hauses hatte man Bänke aufgestellt und auf Grund des Wetters eine Plane darüber gespannt. Einige Möbelstücke waren in den Hof getragen worden und auch alles Vieh stand dort angebunden im Regen. Der Gerichtsbeamte schritt samt Gehilfen, den Hammer in der Hand, bereits auf und ab. Der Vater setzte sich in die erste Reihe und die Mutter sowie die Kinder folgten ihm. Nach und nach füllte sich der gesamte Hof mit Nachbarn, sowie Leuten aus der Stadt und umliegenden Dörfern. Es kamen so viele, dass die aufgestellten Bänke nicht ausreichten. Aufgespannte Schirme waren über den Sonntagsgewändern zu sehen und darüber ein grauer Himmel, aus dem es wie aus Eimern goss.

«Das richtige Wetter für so einen Tag.«, sagte der Vater vor sich hin.

Schließlich klopfte Herr Brandner einige Male mit seinem Hammer auf den Stehtisch, der vor ihm platziert war und verkündete:»Wir beginnen nun mit der Zwangsversteigerung des Anwesens Staudt zwecks Schuldenbegleichung.«

Die Mutter und auch Onkel Johann mit seiner Frau schluchzten auf – immer noch war es unbegreiflich, was nun unvermeidbar war.

»Zuerst bitte ich um Gebote für diesen großen Kleiderschrank, etwa 100 Jahre alt.«

Der Vater starrte auf den Boden. Jener Schrank hatte schon seinen Großeltern gehört.

»Sie können nun mit Ihren Geboten beginnen« sagte einer der Gerichtshelfer.

Ein Raunen ging durch die Menge, doch niemand machte Anstalten, den Arm zu heben oder gar ein Gebot abzugeben.

»Ich bitte nun um Ihre Gebote«, wiederholte der Vollzugsbeamte.

Doch niemand reagierte auf die Aufforderung.

Der Vater verstand nicht recht, warum niemand Interesse an dem Schrank zeigte.

Herr Brandner räusperte sich und erwähnte nochmals, die Silben in die Länge ziehend:»Meine Damen, meine Herren, Ihre Gebote für diesen antiken und äußerst praktischen Kleiderschrank. Sie können mit niedrigen Geboten beginnen.«

Doch als auch diesmal niemand auch nur eine Reaktion zeigte, sagte der Beamte schließlich:

«Nun ja, vielleicht gilt das Interesse der werten Damen und Herren eher dem Grundbesitz als dem Mobiliar. Das Startgebot für das Haus, samt Scheuer und einem Grundbesitz von rund 25 Ar liegt bei 8.000 Reichsmark. Ihre Gebote bitte.«

Doch auch hier blieben auch nach mehrmaliger Aufforderung und Herabsetzung des Startpreises die Gebote aus. Nun war auch nicht einmal mehr ein Räuspern zu hören.

Der Beamte wurde sichtlich nervös.»Meine Damen, meine Herren ich bitte Sie!«

Der Vater blickte sich um und merkte, dass unzählige Augenpaare auf ihn gerichtet waren und es schien als würden ihm alle Menschen bestätigend zunicken. Dann richtete er sich langsam auf und hob zögerlich den Arm.»Herr Beamter, ich biete 100 Reichsmark.«

«Aber Herr Staudt, das ist doch lächerlich! Sie können doch nicht mitbieten, Sie haben doch kein Geld um bei den Geboten mithalten zu können!«

«Ach ja?«, warf Onkel Johann ein.»Wir werden ja sehen, wie viele Interessenten Sie für den Besitz eines redlichen Bürgers finden, der ein wenig mit den Steuern im Verzug ist und dem außer ein paar Schulden in einem Krämerladen, nichts vorzuwerfen ist!«

Einen Raunen ging durch die Menge und hier und da hörte man auch ein paar Leute»genau« und»ganz recht« rufen.

Der Beamte blickte den Vater böse an, er verharrte einen Moment und sagte:»Na gut, wie Sie meinen. Dann los. Das erste Gebot sind 100 Mark. Da dürfte das Überbieten nicht schwer fallen.«

Doch auch diesmal schien es, als würde nicht ein einziger der Bürger auch nur das kleinste bisschen Interesse zeigen.

«Wollen Sie nicht die Versteigerung zum Abschluss bringen?«, fragte der Herr Pfarrer, der auch gekommen war, freundlich.

«Halten Sie sich da raus Hochwürden«, knurrte der Beamte ihn an.

Onkel Johann stimmte mit ein: »Es kommen wohl keine Gebote mehr, Herr Beamter.«

Herrn Brander blieb nichts anderes übrig, als nun seines Amtes zu walten.

»100 Mark zum Ersten«, immer noch bemühte er sich, die Prozedur hinauszuzögern, damit vielleicht doch noch jemand bieten würde, doch es half nichts. »100 Mark zum Zweiten, zum Dritten, verkauft. An Herrn Staudt.«

Er schmetterte seinen Hammer auf den Boden und schnaubte vor Wut.

»Blödes Bauernpack«, schrie er, »das wird euch noch leid tun!«

Der Vater war aufgestanden und rief dem Beamten nach, der schon dabei war, in seine Kutsche zu steigen: »Sie bekommen von mir noch 100 Mark – die kann ich schon irgendwie auftreiben.«

Doch Herr Brandner war nicht zu beruhigen. »Gehen Sie mir aus den Augen, Sie Bauerntölpel!«, schrie er den Vater an. Dann gab er seinen Pferden die Peitsche und fuhr davon.

Noch ehe er vom Hof verschwunden war, brachen die Menschen in lautes Gelächter aus, manche applaudierten. Der Vater stellte sich an das Pult, von dem aus fast über das Sein oder Nichtsein seiner Familie entschieden worden wäre. Er war zu Tränen gerührt.

»Ich weiß nicht, wie ich euch danken soll.«

«Ist schon recht, Anton« unterbrach ihn Herr Kullmann. Er war der Gläubiger und auch Inhaber des Kolonialwarenladens. »Und was die Schulden betrifft, Anton, in meinem Laden müsste mal wieder gestrichen werden, glaube ich.«

Die ganzen Staudts konnten ihr Glück noch nicht fassen und Walburga tanzte vor lauter Freude im Hof mit ihren Geschwistern Ringelrein.

Der Wirt vom Gasthaus »Zum Hirschen« sagte schließlich: »Jetzt haben wir alle lang genug dumm beieinander gestanden. Kommt's zu mir rüber, ich gebe eine Runde aus.«

Walburga sah den Menschen nach, wie sie ins Gasthaus gingen, doch ihr war nicht danach ihnen zu folgen. Sie hatte ein wenig Angst vor dem Montag, wenn sie der Lehrerin sagen werden muss, dass sie die Hausgaben nicht machen konnte, weil sie keinen Griffel hat.

Der Vater schloss noch die Haustür ab und wollte dann auch ins Gasthaus gehen. Da sah er seine Tochter, die gedankenverloren im Hof stand.

»Wally, was hast du denn? Magst du nicht mit rüber kommen?«

«Doch schon…«

«Aber?«

»Ich muss noch Hausaufgaben machen.«

«Heute ist Sonntag. Warum hast du die nicht bereits erledigt?«

»Weil…weil ich nichts zum Schreiben habe, keinen Griffel.«

Der Vater schaute sie erstaunt an.

«So ein Unsinn mein Kind, lauf mal geschwind rein in Stube. Da habe ich gleich drei Stück liegen sehen.«

Walburga verstand nicht, was der Vater da sagte.

»Aber…«

«Nun lauf schon!«

Anton Staudt sah seiner Tochter nach, wie sie im Haus verschwand. Nur wenige Augenblicke später stand sie schon wieder in der Tür und sagte:

«Oh, Papa. Wie konntest du das wissen?«

»Wally, alles wird nicht verraten«, sagte der Vater geheimnisvoll.

Walburga fiel ihrem Vater in die Arme. Nun wollte sie doch für einen Moment mit ins Gasthaus kommen. Aber dennoch ging es ihr den gesamten Tag nicht aus dem Kopf, woher der Vater trotz all der eigenen Probleme wusste, dass sie keine Bleistifte mehr hatte.

Määh!

1930

»Aber Oma, bitte iss doch wenigstens ein bisschen.« Bittend
schaute ich erst sie und dann das Wiener Schnitzel an, das vor
ihr auf dem Tisch stand. Doch sie war nicht davon zu überzeugen,
auch nur einmal davon zu probieren. »Aber irgendetwas musst du doch essen, Oma«, flehte ich, »damit du bei Kräften bleibst.«

Sie räusperte sich, strich sich mit der linken Hand über den
Mund und schwieg lange, bevor sie endlich, wenn auch nur sehr
leise, zu sprechen begann. »Ich muss nicht bei Kräften bleiben.
Außerdem habe ich nicht gesagt, dass ich nichts essen will, aber
das will ich nicht essen.

Langsam begriff ich und ärgerte mich über mich selbst, warum
ich das nicht gewusst hatte. »Du magst kein Wiener Schnitzel,
Oma?«

«Ich weiß ja gar nicht mehr, wie so was schmeckt«, hatte sie
prompt geantwortet, »aber Dank Onkel Johann, esse ich so etwas
nicht mehr.« Ich wurde hellhörig, denn das hörte sich nach einer
Anekdote an, die ich noch nicht kannte. Nachdem sie denn Teller
mit dem Schnitzel nach rechts von sich geschoben hatte, wo gleich
ein kleiner rundlicher Mann, der ebenfalls am Tisch saß, begann,
es in kleine Stücke zu schneiden, fing sie an zu erzählen.

»Und dass du mir ja auf die Viecher acht gibst«, hatte ihr die
Mutter noch nachgerufen, bevor sie das Grundstück für eine drei-
tägige Wallfahrt verlies. Annasche war mit ihr gegangen und Lug

und Fina verbrachten die Tage einige Straßen weiter bei Vaters Schwester Sophie. Walburga sollte für jene drei Tage auf alles aufpassen, dem Vater, der 14 Stunden am Tag in der Fabrik arbeitete, das Essen bereiten, die Tiere versorgen und nach dem Garten schauen. Walburga scheute die Arbeit nicht, im Gegenteil, sie war froh, dass sie Verantwortung übertragen bekommen hatte, denn immerhin war sie schon 16 Jahre alt. Für diesen Morgen hatte ihr die Mutter noch einen Zettel geschrieben.»Rüber zu Tante Wally und der Großmutter Unkraut jäten helfen.«

Pflichtbewusst wie sie war, folgte sie der Anweisung und machte sich unverzüglich auf zum Haus von Onkel und Tante. Der Morgentau bedeckte noch sämtliches Grün und eine herrlich frische Luft lag über dem fast märchenhaft anmutenden Schweinheim. Nicht gerade märchenhaft waren die ungepflasterten und dreckigen Straßen, die windschiefen Häuser und die verbauten Hinterhöfe. Aber zu solch früher Morgenstunde hatte selbst ein bettelarmes Dorf wie Schweinheim etwas märchenhaftes. Der Empfang der Großmutter war nicht sonderlich herzlich ausgefallen. Sie hatte Walburga bedeutet, dass sie sich mit dem Jäten beeilen solle, da noch weitere Arbeiten auf sie warten würden. Während Walburga mit dem Jäten begann, band die Großmutter mit alten Kordelresten die mittlerweile mehr als mannshohen Bohnen an den Bohnenstangen fest. Die Großmutter sprach nicht sonderlich viel. Ein Leben lang hatte sie nichts anderes gekannt als Arbeit. Und nun, da sie bei Onkel Johann und Tante Wally wohnte und nicht mehr zwingend arbeiten musste, suchte sie sich Arbeit, die sie im Garten fand. Nein, lieb oder gar herzlich war die Großmutter nicht. Aber eine fleißige und rechtschaffende Person. Bereits mit 26 war sie Witwe geworden, zwei Kinder waren im Kindesalter gestorben. Die beiden anderen Mädchen, Tante Wally und Walburgas Mutter Anna, musste sie alleine durchbringen. Von früher sprach sie nie gerne. Wenn Walburga mal nach etwas von früher fragte, verzog die Großmutter kurz die Mutwinkel und antworte meist:»In der Zeit, wo du so a Zeug reds't, kannst schon nicht arbeiten. Also, bist' ruhig und arbeits't weiter.« Seitdem Walburga mal etwas bei den Erwachsenen aufgeschnappt hatte, hörte sie auch mit dem Fragen auf. Die Mutter der Großmutter sei eine Dienstmagd gewesen, bei einem reichen und einflussreichen Fabrikanten in Aschaffenburg. Leider, so wurde gesagt, habe sie dem Fabrikantensohn schöne Augen gemacht. Als die Schwangerschaft nicht mehr zu verbergen war, wurde die werdende Mutter davongejagt. Der Fabrikantensohn hatte sich sehr für die Dienstmagd eingesetzt, konnte sich aber nicht gegen seinen Vater durchsetzen. Vielleicht hätte die Dienstmagd mit ihrem Kind durch den Vater, der sich dazu bekannte, später doch noch ein wenig Anerkennung erfahren können. Doch dazu kam es nicht. Margaretha kam am 3. Februar 1863 zur Welt und nur wenige Wochen zuvor war der Vater, mittlerweile ein Unteroffizier, einer Tuberkuloseerkrankung erlegen.

Erst nach mehrmaligem lautstarken Rufen der Großmutter, hörte Walburga mit dem Träumen auf. »Hilfst mir jetzt hier herüben mit den Grumbern!« rief die Großmutter mit kräftiger Stimme. Walburga gehorchte sofort, musste sich aber innerlich überwinden, um bei dem Wort Grumbern, also Kartoffeln, nicht laut zu seufzen. Ihr kam es vor, als hätte sie seit Jahren nichts anderes gegessen als Kartoffeln. Immer und immer wieder gab es Kartoffeln und Dickmilch. Ob im Frühling oder im Winter, ob an Himmelfahrt und Lichtmess, immer das gleiche. Niemals hätte sie ihr Klagen vor den Eltern oder sonst wem in der Familie geäußert, aber in ihr festigte sich der Wunsch nach ein wenig mehr Wohlstand. War das denn wirklich zu viel verlangt? Sie kannte Kameraden aus der Schule, da gab es tatsächlich einmal in der Woche Fleisch. Walburga hingegen konnte sich nur daran erinnern, dass die Staudts vor einigen Wochen mal ein Stück Griebenwurst hatten. Sie erschrak ein wenig über sich selbst. Wie konnte sie nur so undankbar sein und solche unrechten Gedanken haben. Sie wusste gut genug, dass die Eltern ihr möglichstes taten.

«Walburga! Walburga!« Ihr Philosophieren wurde von einer scharfen Stimme abgeschnitten. »Kommst ins Haus und hilfst mir mit dem Mittagessen!« Die Stimme gehörte Tante Wally, ihrer Patentante und der Schwester ihrer Mutter.

«Ja, Tante, ich komme.« Onkel Johann saß bereits in der Küche und rauchte, wie er das meistens zu tun pflegte, Zigarre. Von oben bis unten war die Arbeitskleidung des Tünchermeisters mit Farbklecksern übersät und seine großen Hände waren schwielig und aufgesprungen.

»Magst auch e' Schnitzel, jung Mad?« fragte der gutmütig aussehende Onkel.

Walburga traute ihren Ohren nicht. Schnitzel? Fleisch? Und das auch noch an einem Dienstag? »Brauchst net so zu schauen, heut gibt's eben mal was guats.«

»Gerne, Onkel Johann.« Zu mehr war Walburga gar nicht fähig. Vorhin hatte sie noch darüber nachgedacht und nun ohrfeigte sie sich innerlich dafür. »Jetzt gibt's womöglich nur wegen mir Fleisch. Weil ich doch auf Besuch hier bin.«

»Kind, du starrst ja noch Löcher in die Luft. Jetzt hilf mir g'schwind mit dem Grumbernsalat.«

Fast andächtig stand Walburga neben dem Herd, als die Schnitzel gebraten wurden. »So viel Fleisch. Das muss ein Vermögen gekostet haben«, dachte sie. Nach und nach füllte sich die Küche mit vertrauten Gesichtern. Alle Kinder von Onkel Johann und Tante Wally, waren hinzugekommen und auch die Großmutter. Erst als ein Schnitzel ganz für sie allein auf ihrem Teller lag, begriff Walburga, welch großen Hunger sie hatte. Dennoch zwang sie sich, ganz langsam zu essen, um jeden Bissen genießen zu können.

»Na, schmeckt dir dei' Schnitzel, Madl?« fragte Onkel Johann mit einem breiten Grinsen.

Walburga brachte das »Ja« kaum heraus, war sie doch gerade damit beschäftigt, einen großen Löffel Kartoffelsalat in ihren Mund zu führen. Die älteren Cousins begannen zu kichern und auch Onkel Johann lachte verschmitzt hinter vorgehaltener Hand.

Schließlich begannen sie wie im Chor: »Määääääääh!« zu rufen. Walburga ließ den Löffel sinken und schaute einen Moment in die Runde, die sich alle vor Lachen kaum noch halten konnten. Onkel Johann hatte den Kopf weit zurück geworfen und lachte schallend in Richtung Zimmerdecke. Nun Begriff Walburga. Onkel Johann hatte die Geis geschlachtet und aus dem Euter Schnitzel in dünnen Scheiben geschnitten.

Das »bleib doch stehen«, das ihr die Tante nachrief, hörte Walburga schon nicht mehr. Sie war schon fast wieder auf dem Hof des Elternhauses angelangt. In der Küche wusch sie sich am Spülstein Gesicht und Hände. Während sie merkte, wie Übelkeit in ihr aufkam, schwor sie sich, dass sie nie wieder ein Schnitzel, dessen Herkunft sie nicht ganz sicher wusste, essen würde.

Ein besonderer Engel

1934

Der sonntägliche Kirchgang war nicht nur bei den Staudts, sondern bei sämtlichen Schweinheimer Familien obligatorisch. Auch kleinere Sünden, war es auch nur eine nicht zu vermeidende Notlüge, durften nicht auf sich belassen werden. Bekamen die Eltern heraus, dass eines ihrer Kinder beispielsweise geflunkert hatte, so wurde streng gemahnt: »Des musste beichte!« So ging man also meist nicht nur einmal, sondern gleich mehrmals wöchentlich, sei es auch nur zur Beichte, zur Kirche. Denn zu beichten gab es eigentlich immer etwas. Auch die Frühmesse wurde von den Staudts regelmäßig besucht. Nur sehr ungern ließ man eine Heilige Messe ohne Besuch stattfinden, zu groß war der Wunsch nach Erlangung des Seelenheils und gleichzeitig die Angst vor dem Fegefeuer.

Walburga besuchte die Gottesdienste gerne. Wenigstens die Kirche war noch ein Ort, wo man von Reden über die Verpflichtung für den Führer in der neuen Zeit verschont blieb. Außerdem sah man dort bekannte Gesichter, mit denen man sonst nur selten zu reden Gelegenheit hatte. Viel wichtiger war aber, dass Walburga dort ihrem größten Hobby nachgehen konnte. »Singen ist ihr Leben« wurde oftmals über sie gesagt. Die gesamte Familie Staudt war als überaus musikalisch bekannt, doch Walburgas glasklare Stimme war etwas ganz besonderes. Dies blieb auch dem Pfarrer nicht verborgen. An einem Morgen, an dem Walburga mit ihrer Mutter die Frühmesse besucht hatte, hielt der Pfarrer sie nach dem Gottesdienst am Arm fest. »Fräulein Staudt!« »Hochwürden!« In Walburgas Stimme lag ein Ausdruck von Verwunderung und Ehrfurcht. Der Pfarrer lächelte. »Ja, ja, ja. Jetzt lassen wir mal die Förmlichkeiten. Ich möchte Sie nämlich etwas fragen.« Walburgas Mutter schaute ebenso erwartungsvoll wie ihre Tochter. Der Pfarrer musterte die beiden und wippte dabei unruhig mit den Füßen auf und ab. Nach einer Pause, die anmutete, als hätte er den Faden verloren, begann er wieder. »Also, jedenfalls…Vielleicht wissen Sie ja, dass wir in diesem Jahr zum zweiten Male die Passion Christi als Theaterstück zur Aufführung bringen möchten.« Immer noch schaute Walburga erstaunt und wusste nicht so recht, was sie darauf sagen sollte, wenngleich sie natürlich schon davon gehört hatte. »Und bei eben diesem Spiel sind noch einige wichtige Rollen zu besetzen. Nun ja, um ehrlich zu sein, Sie sind die erste, die ich anspreche.« Der Pfarrer schaute, als würde er sich eine Reaktion von Walburga erwarten, doch die kam nicht. »Liebes Fräulein Staudt, mit Ihrem Engelsstimmchen, das ich bis in meine Kanzel vernehme, wären Sie doch die ideale Verkörperung des Verkündungsengels.« »Der Verkündungsengel? Ich? Oh, Herr Pfarrer, das wäre wunderbar!« Fast wäre Walburga dem Pfarrer um den Hals gefallen, der sich nur durch einen schutzsuchenden Schritt zurück davor bewahren konnte.

«Mama, ist das nicht wunderbar?« Auch Anna Staudt nickte zuerst zustimmend, dann anerkennend. »Sie sind also dabei?« »Ob ich dabei bin, Herr Pfarrer? Nichts in der Welt könnte mich davon abhalten!« Der Pfarrer konnte sein Schmunzeln über die Begeisterung der jungen Frau nur schwer verbergen. »Das freut mich zu hören. Das freut mich wirklich außerordentlich. Probenbeginn soll nächste Woche am Freitagabend um sieben Uhr sein.« Kaum hatte er den Satz zu Ende gesprochen, griff er sich nahezu verzweifelt an den Kopf. »Sofern ich bis dahin alle Darsteller gefunden habe. Ach ja, und Fräulein Staudt, ihre jüngeren Geschwister könnten wir gut als Darsteller des Volkes benötigen. Meinen Sie, die würden auch mitmachen?« Anna Staudt kam ihrer Tochter zuvor. »Da sorg' ich scho' für, Hochwürden. Nur ka' Angst.«

Die Woche bis zum Probenbeginn verging wie im Fluge. Walburga machte sich bereits Gedanken über ein Gewand, das der Engel tragen könnte und begleitete den Vater zum Sängerbund um ihre Stimme bestens auf die Proben vorzubereiten.

Bei der ersten Probe war Walburga eigentlich niemand der Mitwirkenden unbekannt. Unter den Musikern waren auch Onkel Johann und Cousin Toni, der vorzüglich Geige spielte. Einer der Nachbarn war für Pontius Pilatus vorgesehen und auch viele Darsteller des »Hohen Rats« kannte Walburga gut.

Jener Schweinheimer, der Regie führte, erachtete es für sehr wichtig, die Kreuzigungsszene besonders oft zu proben, so dass Walburga unruhig auf ihrem Stuhl hin- und herrutschte. Es vergingen noch mehrere Probentage, bis Walburga endlich auch zum Zuge kam. Viel zu beanstanden hatte der Regisseur nicht und Walburga erntete schon nach den ersten wenigen Minuten Beifall von den zuschauenden Kollegen. Schließlich wurde ihre wichtigste Stelle geprobt:

Kommt alle her ihr Frauen dort,
nicht fürchtet Euch,
seid wohlgemut.
Ihr sucht den Herren Jesus Christ,
vom Tod er auferstanden ist.
Halleluja, Halleluja, Halleluja.

Die Enttäuschung war groß. Nämlich die Enttäuschung beim sogenannten Musikalischen Leiter, der keinerlei Ansatzpunkte hatte, Walburga zu kritisieren. Ihr Gesang klang im wahrsten Sinne des Wortes wie der eines Engels.

Die Proben schritten weiter voran und jedes Mal freute sich Walburga auf ein neues, wenn »ihre« Szene geprobt wurde. Ihr wäre es sogar lieber gewesen, wenn sie unterbrochen worden wäre und man ihr gesagt hätte, was sie noch besser machen könnte, aber das geschah nicht.

Der Regisseur verriss nahezu alles. Sogar die Darsteller, die Volk spielten und kaum Text hatten, mussten ihre Auftritte oft stundenlang üben, nicht aber Walburga.

So beschäftigte sie sich mit dem Nähen ihres Kostüms. Die Mutter hatte ihr ein ausgedientes Bettlaken gegeben, das sie erst flickte und dann mit golden eingefärbten Fäden bestickte. All abendlich wenn alle schon zu Bett gegangen waren, war bei den Staudts noch das monotone Surren der Nähmaschine zu hören. Walburga wollte nicht nur eine Darstellerin sein, deren Stimme einem Engel gerecht wird, sondern auch äußerlich eine engelhafte Erscheinung bieten. Als ein einfaches Unterfangen stellte sich das nicht dar, denn unter den zahlreichen Schauspielern waren auch wohlhabendere Leute, die – wenngleich sie auch keine Engel spielten – hinsichtlich ihre Kostüme besonders strahlende Erscheinungen sein wollten. Da wurde im Fundus des Aschaffenburger Stadttheaters gestöbert, der Gehrock des Großvater umgeändert oder Mutters gute Tischdecke umfunktioniert.

Zehn Spieltermine waren rund um Ostern angesetzt und in vielen Schweinheimer und Aschaffenburger Läden war die Vorankündigung der »Spessarter Passionsspiele Schweinheim« zu lesen. Schülervorstellungen gab es an Samstagen und am Weißen Montag sollten Erwachsene und Kommunionkinder nur die Hälfte des Eintrittspreises zahlen. Das gesamte Projekt nahm ein unermessliches Ausmaß an. Der Bürgermeister hatte die Schirmherrschaft übernommen und der Gesangsverein »Fidelio«, der die Aufführungen auch ins Leben gerufen hatte, die ausführende Leitung. So waren die Vorbereitungen bestens getroffen, die Proben liefen gut und die gesamte Umgebung freute sich auf die bevorstehende Premiere. Der Name Staudt würde im Programmheft gleich mehrere Male zu lesen sein. Walburga als Auferstehungsengel, die Geschwister Anna, Ludwig und Fina beim Volk und der Vater mit Onkel Johann im Chor.

Premiere sollte der Josefstag sein und die Generalprobe zwei Tage zuvor stattfinden.

Der sonst so überpedantische Regisseur hatte seinen Assistenten während der letzten Probe kaum Beanstandungen notieren lassen, so dass er mit den Worten schloss:»Prima, Herrschaften. Dann wollen wir mal nicht hoffen, dass das ein schlechtes Omen ist und die Premiere daneben geht.« Noch einmal ließ der den Blick durch die Runden gehen, zündete sich dann eine Zigarre an und beendete die Probe.

Zwei Tage waren es nur noch, dann sollte es endlich soweit sein. Zwei Tage, die Walburga vorkamen, als würden sie enden wollen. Um für sich ungestört ihr wichtiges Lied üben zu können, ging sie am frühen Mittag am Vortag der Premiere zu einem Wiesenstück außerhalb Schweinheims, setzte sich in das Frühlingsgras und sang vor sich hin. Unzählige Male hatte sie ihr Lied bereits geprobt, als sie sich entschloss, eine kleine Pause zu machen. Genüsslich aß sie das mitgebrachte Butterbrot und legte sich anschließend in das weiche Gras.

Als das Signal der umliegenden Fabriken das Schichtende ankündigte, wurde Walburga wach. Ihr war nicht gleich klar, dass sie, übermüdet von den Vortagen, einige Stunden geschlafen haben musste. Sie stand auf, richtete die Schürze und rannte nach Hause. Anna Staudt musterte ihre Tochter kritisch und gab ihr ohne ein weiteres Wort zu sagen das Küchenmesser in die Hand. Walburga hatte die Kartoffeln zu schälen, denn schon bald würde der Vater von der Arbeit in der Fabrik nach Hause kommen. Wenn sie sich nun nicht beeilte, würde er auf sein Essen zu warten haben. Glücklicherweise aber war das Kartoffelschälen für Walburga ein geübter Handgriff, so dass das Essen doch noch pünktlich auf dem Tisch stand. Trotz ihrer nachmittäglichen Ruhestunden fühlte sich Walburga irgendwie immer noch müde. Immer wieder pochte ihr das Herz vor freudiger Erwartung bis zum Halse, wenn sie daran dachte, dass morgen der große Tag sein würde. Obwohl die Premiere für 15 Uhr angesetzt war, hatten sich die Darsteller bereits um acht Uhr morgens am Spielort, der Turnhalle, einzufinden. So entschied Walburga, direkt nach dem

Abwasch zu Bett zu gehen. Ziemlich aufgeregt war sie, aber die gut verlaufenen Proben und auch sonst gut getroffenen Vorbereitungen ließen sie schließlich tief einschlafen.

Noch lange bevor die Mutter sie wecken konnte, erwachte sie. Draußen war es noch dunkel. Sie blickte auf ihre Uhr, die sie zur ersten Heiligen Kommunion bekommen hatte. Es war sechs Uhr und fünf Minuten. Ein unterschwelliges und unerträgliches Durstgefühl hatte sie bereits die ganze Nacht verspürt. Sie ging die schmale Stiege hinunter in die Küche. Erst als sie das Glas Wasser, welches sie sich eingeschenkt hatte, trank spürte sie den stechenden Schmerz in ihrem Hals. Hastig trank sie ein zweites und drittes Glas hinter her, in der Hoffnung jenes Stechen würde sich wegschlucken lassen. Doch es ging nicht. Verzweifelt strich sie sich durch die Haare und versuchte sich zaghaft an den einfachsten Tönen ihres Liedes. Gerade mal ein jämmerliches Krächzen brachte sie heraus. Zu allem Überfluss lief ihr nun auch noch die Nase. Jegliches Sträuben dagegen war vergeblich. Sie hatte sich erkältet und zwar ziemlich stark. Plötzlich schoss ihr das Bild durch den Kopf, wie sie am Vortag in der Wiese gelegen hatte. Mittags war es zu dieser Jahreszeit war oft schon recht warm, am späteren Nachmittag nahm die Kälte aber wieder Einzug und hatte bald Oberhand. Zu lange hatte sie im Gras gelegen, das mit fortschreitender Stunde feucht geworden war.

Am liebsten hätte sie jetzt losgeheult, aber es ging nicht. Wie versteinert stand sie in der dunkeln Küche.

Die Mutter hatte es bis halb acht mit allen Hausmitteln versucht, um sie kannte. Sogar die Großmutter wurde aus dem Bett geholt, die aus Brennesseln und Kräutern einen, wie sie sagte, wunderwirkenden Tee zu kochen – alles vergebens. Walburgas Stimme kam nicht wieder. Mittlerweile war sogar Fieber dazugekommen, so dass allen bewusst war, dass Walburga unter keinen Umständen bei der Premiere würde singen können.

Vom Regisseur hätte Walburga ein viel größeres Donnerwetter erwartet, doch dieser blieb verhältnismäßig ruhig. Die Nervosität griff erst um sich, als allen klar wurde, dass sie nicht nur keinen Ersatz hatten, sondern, dass es überhaupt niemanden gab, den sie für die Rolle verwenden konnten. Alle Darstellerinnen, die gute Stimmen hatten waren anderweitig besetzt und viele der jungen Frauen aus dem Chor hätten kaum besser gesungen als die erkältete Walburga.

Auch wenn es keiner Aussprach, konnte sich niemand mehr vorstellen, die Premiere ohne den Auferstehungsengel zum Erfolg zu führen. Da tippte der Vater den Regisseur auf die Schulter und ging mit ihm nach draußen. Walburga saß auf der Küchenbank und beobachtete in Wolldecken gehüllt die wildgestikulierenden Männer. Nach einigen Minuten kam der Vater strahlend zurück. »Wir haben eine Lösung gefunden.«

«Und welche Papa?«, Walburga konnte die Tränen kaum zurückhalten. »Jetzt hörst' erst mal auf zu weinen. Wenn du dich gut genug fühlst, darfst du heute beim Volk mitspielen. Und das mit dem Engel, da hatte ich eine Idee.«

Noch ehe Walburga weiter nachhaken konnte, war der Vater schon wieder verschwunden.

Zwar mit triefender Nase und mit mehreren dicken Schichten Kleidung, aber immerhin mischte sich Walburga etwa zwanzig Minuten bevor der Vorhang nach oben ging, unter die Darsteller des Volkes. Ihre Traurigkeit darüber, dass sie den Verkündigungsengel nicht sang, war schon längst durch die Scham verdrängt, dass sie so kurz vor der Premiere für solch einen Trubel gesorgt und große Unannehmlichkeiten verursacht hatte. Denn schließlich war sie an allem selbst Schuld. Sie verdrängte die erneut aufkommenden Gedanken an ihren Mittagsschlaf in der nassen Wiese. Der Vorhang ging auf und die Vorstellung begann mit dem Prolog »Des Königs Banner wallt voran.«

Walburga hatte größte Schwierigkeiten, sich zu konzentrieren. Immer wieder dachte sie an die Szene, die eigentlich ihre hätte werden sollen. Kurz vor Beginn des Auferstehungs-Akts fiel Walburga auf, dass zwar ihre Schwestern Anna und Fina mit ihr beim Volk waren, nicht aber Ludwig. Ihren Bruder konnte sie nirgends sehen. Nun aber galt ihre Aufmerksamkeit ohnehin dem Engel, der auf die Bühne trat um die frohe Botschaft zu verkünden. Walburga traute ihren Augen kaum. In ihre Gewänder gehüllt stand ihr Bruder anmutig und sang mit seinem knabenhaften Gesicht und einem glockenklaren Tenor das Auferstehungslied. Nicht auch nur einer Person der 1200 Zuschauer war die kleine Täuschung aufgefallen. Ludwig war also Vaters Idee gewesen. Eine Idee, die sich bewährt hatte. Denn am folgenden Tag berichteten die Zeitungen von der »idealen Besetzung des Auferstehungsengels, der mit seiner Stimme bei vielen Zuschauern wohlige Schauer verursachte.«

Den Auferstehungsengel durfte Walburga nicht mehr singen. Auch nicht, als sie schon längst wieder genesen war. Im folgenden Jahr wurde sie für die Rolle der Muttergottes vorgeschlagen, die sie auch ohne Beeinträchtigung von Erkältung und Heiserkeit in den kommenden Jahren spielte. Ludwig gab auch bei den nächsten Passionsspielen nochmals den Auferstehungsengel, bis seine Karriere im darauffolgenden Jahr durch Einsetzen des Stimmbruchs ein jähes Ende fand.

Die Tochter des Tünchers

1936

An Männern hatte Walburga bisher kein Interesse gezeigt. Einmal im Monat durfte sie zum Tanz gehen, hatte aber beim Nachtleuten wieder zu Hause zu sein. Zum Tanzen ging sie sowieso nicht wegen der Männer, sondern auf Grund der Musik und um Freundinnen zu treffen. Den Eltern wäre es auch überhaupt nicht recht gewesen, wenn Walburga bereits poussieren würde. Auch als der Sohn des hoch angesehenen Schulmeisters Weis sie bat, ihm ein wenig dabei zu helfen, seine Lücken in der Rechtschreibung zu schließen, dachte sie nicht im entferntesten daran, dass das Interesse nicht nur der deutschen Grammatik galt. Aber warum auch? Georg, so hieß jener junger Mann, hatte ja schlagkräftige Argumente. Denn sowohl er, als auch Walburga waren schon einige Jahre aus der Schule entlassen und dennoch hatte er es nicht geschafft, es zu einer annehmbaren Rechtschreibung zu bringen. Dass er auch noch der Sohn des Oberschulmeisters war, machte die ganze Sache noch verrückter. Der Lehrer konnte es auf Grund seiner fehlenden Geduld nicht ertragen, seinem Sohn Nachhilfe zu geben. Auch warum er nun Jahre nach der Schulentlassung um den Unterricht bei der ihm nur flüchtig bekannten Walburga bat, wusste er zu begründen. Der junge Mann strebte eine Offizierslaufbahn in der Armee an und dafür benötigte er mehrere handgeschriebene Dokumente, wie einen Lebenslauf, ein Schreiben für seine Beweggründe und so weiter. Also erklärte sich Walburga selbstverständlich dazu bereit, ihn in der deutschen Sprache zu unterrichten. Einmal Lehrerin zu werden, war in ihrer frühen Kindheit ihr innigster Wunsch gewesen, den sie aber auf

Grund dessen, dass sie keine höhere Schule besucht hatte, schon lange verworfen hatte. Nun aber hatte sie die Möglichkeit etwas zu tun, das ihr Freude bereitete und zusätzlich ein paar Mark zu verdienen. So gaben auch die Eltern ohne jeglichen Einwand ihr Einverständnis. Georg Weis erwies sich als ein äußerst lernfreudiger Schüler – zumindest in den ersten Stunden. Als Walburga ihm etwa fünf, sechs Mal Nachhilfe gegeben hatte, nahm sie das Geld nur noch sehr ungern. Im Grunde wusste sie auch gar nicht, warum er immer und immer wieder einen Termin vereinbaren wollte, denn beibringen konnte sie ihm nicht viel. Sicher hin und wieder machte er einige orthographische Fehler, aber alles was sie wusste, hatte sie an ihn weitergegeben. Er musste es nur noch anwenden. An einem Nachmittag schließlich gestand er ihr:»Walburga, beigebracht hast du mir ja nun genug. Jetzt bin ich an der Reihe und möchte dir etwas zeigen.« Ohne einen möglichen Widerspruch ihrerseits abzuwarten, zerrte er sie an der Hand die Treppe nach unten und dann hinaus auf die Straße wo sein Fahrrad stand. Überhaupt war er einer der wenigen, die in Schweinheim ein Fahrrad besaßen.

«Komm schon, setz' dich hinten drauf, sonst können wir nie losfahren.« Walburga war derartig überrumpelt, dass sie sich zu ihm aufs Fahrrad setzte. Schon fuhr er los und trat kräftig in die Pedale. Bereits nach wenigen Minuten hatten sie eine so große Geschwindigkeit erreicht, dass Walburga gar nichts anderes übrig blieb, als sich an ihm festzuhalten. Auf ihre Rufe»bitte halt an!«und»fahr nicht so schnell!«reagierte er nicht. Der Wind blies ihnen so kräftig ins Gesicht, dass Walburga die Augen zusammenkneifen musste und die vorbeifliegende Umgebung nur noch schemenhaft wahrnahm. Nach einer etwa fünfzehnminütigen Fahrt, sie waren schon längst außerhalb Schweinheims, bremste er endlich ab. Wieder zerrte Georg sie hinter sich her, bis sie schließlich eine malerische Lichtung erreichten, durch die ein kleiner Bach floss. Walburga war hier noch nie gewesen.»Na, ist das nicht etwas wunderschönes?«grinste er ihr eine Antwort erwartend entgegen. Die Antwort folgte in Form einer Ohrfeige. »Georg Weis! Was fällt dir ein, mich mir nichts dir nichts auf ein Fahrrad zu setzen, so schnell zu fahren, dass wir uns beide fast den Hals brechen und dann auch noch von mir zu erwarten, dass ich dir danke, mich an diesen Ort gebracht zu haben.

Der junge Mann in seinem braunen Westenanzug schaute betreten auf den Boden.

«Aber, Walburga, weißt du, dass ich diesen Ort außer dir noch keiner Menschenseele gezeigt habe? Und ich glaube es kennt ihn auch sonst niemand, denn hier muss man erst einmal hinfinden.« Gegen Ende seiner Rechtfertigung wirkte er nahezu ein wenig stolz. Walburga atmete einmal tief durch, strich sich eine Haarsträhne aus dem Gesicht und schaute sich zum ersten Mal um. Ja, schön war es wirklich hier. Eine Landschaft wie aus einem Bilderbuch, so etwas schönes hatte sie wirklich noch nicht gesehen. Als Georg auch noch zwei große rote Äpfel aus seinen Taschen holte, die er mit seinem Ärmel noch hastig blank polierte, um einen dann Walburga zu überreichen, war der Bann gebrochen.

An jenem Tag brachte Georg Weis Walburga nach Hause und bat sie um ein Wiedersehen. Diesmal sollte es nicht im Rahmen des Deutschunterrichts sein. Er wollte mit ihr zum Tanzen gehen. Die Pause, bis Walburga endlich antwortete, muss ihm wie ein Ewigkeit vorgekommen sein. Um eine kluge Antwort zu finden, gab es für Walburga aber eben einiges zu bedenken. Zum Beispiel, dass Sinn und Zweck ihrer bisherigen Treffen die Nachhilfe gewesen war und sie war sich nicht sicher, ob es richtig wäre, sich einfach nur zum Vergnügen zu treffen. Auf der anderen Seite war Georg aus allerbestem Hause, ihre Eltern könnten ihr also den Umgang mit dem jungen Herrn nicht negativ auslegen.

«Na gut« kam schließlich die späte Antwort, »aber keine Abenteuerfahrten auf deinem Fahrrad mehr, ist das klar?« Walburga selbst musste über ihre gespielte Strenge schmunzeln. Er sprang darauf an und antwortete mit einem etwas unbeholfenen Soldatentonfall »Jawohl, Frau Major!«

Walburga hatte die Eltern richtig eingeschätzt. Dass ihre Tochter mit dem Sohn des Oberschulmeisters ausging war ihnen sehr recht. Nur die Großmutter hegte große Zweifel. »Mad, zwoa Menschen, mit so unterschiedlicher Herkunft, des tut koa gut.«

Dass so etwas nicht gut tut, wollte Walburga natürlich nicht hören.

Bei dem einem Mal Tanzen gehen blieb es nicht. Immer und immer wieder verabredeten sich die beiden. Walburga genoss die Zeit, die sie miteinander verbrachten sehr. Georg war mittlerweile auch zu der Ansicht gelangt, dass er wieder Nachhilfe brauchte. Walburga protestierte nicht und so sahen sie sich neben den Wochenenden auch unter der Woche zum bewährten Deutschunterricht. Während einer solcher Deutschstunden geschah es auch: Walburga bekam ihren ersten Kuss.

Fast verunsichert, ob sie was falsches getan hatte, schrieb sie an diesem Abend in ihr Tagebuch: »Nun ist es also geschehen. Ich bin geküsst worden! Nein, nicht von Mutter oder Vater. Von einem Mann und zwar von Georg Weis. Ja, geschehen ist es. Aber ob es richtig war, das weiß ich nicht. Den Eltern werde ich es nicht erzählen.«

Walburga hatte ein großes Vorhaben. Von dem Geld, das sie sich für den Unterricht bei Georg verdiente, wollte sie sich ein Fahrrad kaufen. Immerhin fast ein halbes Jahr hatte sie jetzt schon gespart. Vor allem hatte sie großen Gefallen am Radfahren gefunden, obwohl sie bei den Radtouren mit Georg überhaupt das erste mal auf einem Fahrrad gesessen hatte. Die Eltern gaben ihr Einverständnis und so kaufte sie das zwei Jahre alte Rad des Zigarrenmachers Riedenauer, für ein neues hätte das Geld nicht ausgereicht. Nun war sie an der Reihe, ihren Georg zu überraschen. Er staunte nicht schlecht, als er Walburga auf einem Fahrrad die Aschaffenburgerstraße hinunter und auf sich zu fahren sah.

»Du hast ein Fahrrad?«, fragte er und wie man in seinem Gesicht unschwer erkennen konnte, war Walburga die Überraschung gelungen. Nicht ohne Stolz berichtete sie ihm, wie sie die vielen

Monate das gesamte Geld für den Unterricht gespart hatte um das Fahrrad kaufen zu können. Fortan musste sich Walburga nicht mehr auf den Gepäckträger von Georgs Fahrrad zwängen und die gemeinsamen Ausflüge wurden komfortabler.

An einem Morgen jedoch, Walburga wollte auf den Markt fahren, war das Fahrrad nicht mehr da. Zuerst dachte sie daran, dass Schwester Anna es genommen haben könnte. Doch diese war noch nicht einmal aufgestanden und lag noch im Bett. Sie schaute im Schuppen nach, hinter dem Haus, vorne am Hoftor – Fehlanzeige. Das Fahrrad blieb verschwunden. Es half alles nichts, sie hatte der Mutter versprochen auf den Markt nach Aschaffenburg zu gehen, ob mit oder ohne Fahrrad. Sie war noch nicht einmal auf der Höhe des Hauses von Onkel Johann angelangt, da sah sie ihren Georg. Er kam gerade aus der anderen Richtung mit seinem Vater, dem Oberschulmeister Weis.

Doch er schien sie gar nicht zu sehen, obwohl sie doch nur auf verschiedenen Straßenseiten liefen. »Georg! Georg!« Immer noch schaute sich der junge Mann nicht um, bis der Vater schließlich stehen blieb und sich umsah. »Da ruft doch jemand nach dir!« Walburga hastete auf die andere Straßenseite. »Ja, ich! Guten Tag, Herr Weis, guten Tag Georg.« Der untersetzte Mann im schwarzen Zwirn schob den Zwicker von der Nase und beäugte sie kritisch. »Kennen wir uns, junges Fräulein?« Walburga wollte gerade beginnen, ihm zu erklären wer sie war, da ging Georg dazwischen.

«Das ist die, die mir Unterricht gegeben hat.« Er hatte dabei den Blick nach unten gerichtet und schaute auf den Boden. Walburga verstand die Welt nicht mehr.

»Soso«, sprach der Oberschulmeister und strich sich dabei über das Kinn, »das ist also die Tochter des Tünchers!« Kaum hatte er den Satz ausgesprochen, brach er in schallendes Gelächter aus und hielt sich den Bauch vor lauter Ereiferung darüber.

Auch Georg hatte erst zaghaft dann übertrieben laut in das Lachen seines Vaters eingestimmt. Walburga wusste nicht wie ihr geschah. Das konnte doch nicht wirklich gerade geschehen. Nein, das musste ein böser Traum sein!

Der alte Herr Weis wischte sich die Augen, die vor lauter Lachen ganz feucht geworden waren, mit dem Handrücken trocken, dann verfinsterte sich seine Miene. »Lauf meinem Sohn nicht hinterher wie ein ungewollter Hund! Glaub ja nicht, dass ich nicht Bescheid wüsste. Er hat mir alles erzählt!«

Viel zu schwer getroffen, von einer Last, die zentnerweise auf Walburgas Herzen abgeladen worden war und es zu erdrücken suchte, brachte sie kein Wort heraus. Sie hatte sich nicht einmal angestrengt, die aufkommenden Tränen zurückzuhalten wie sie es sonst immer tat. In Sturzbächen brach es aus ihr heraus und als sie endlich wieder zu Hause in ihrer Dachkammer saß, war ihre Schürze, die sie schützend auf dem Weg vor ihr Gesicht gehalten hatte, klatschnass. Es mag Stunden gedauert haben, bis sie endlich wieder einen klaren Gedanken fassen konnte. Warum hatte ihr Georg ihr das angetan? Sie hatte doch nichts verbrochen! Im Gegenteil, die vergangenen Wochen hatten sie gemeinsam so viel Schönes erlebt und nun? Was hatte er ihrem Vater nur über sie erzählt? Es konnte doch gar nichts Schlimmes sein, denn über sie gab es nichts Schlimmes zu berichten. Es sei denn, die Großmutter hätte Recht gehabt, mit ihren Bedenken…

Ja, es war die Großmutter, die Recht behalten hatte. Der Vater von Georg muss irgendwann herausbekommen haben, dass sich die beiden nicht nur zum Lernen treffen. Als er seinen Sohn gedanklich bereits ein Verhältnis mit der Tochter eines einfachen Arbeiters eingehen sah, hatte er ein Donnerwetter losgehen lassen. Und Georg? Feige hatte er sich aus der Affäre gezogen und behauptet, jenes Mädchen würde ihm nachlaufen und ihn belästigen. Und wie sicherte er sich ab, dass Walburga ihn nicht mehr zur Rede stellte? Das Fahrrad. Er war es, der es entwendet und wie sich später herausstellte, verkauft hatte. So beabsichtigte er, dass sie ihn nun nie wieder sehen wollen würde. Es war also bei ihm wohl doch nicht die große Liebe gewesen, da er in Kauf nahm, ihr das Herz zu brechen, nur damit sein Vater ihn nicht mit dem Rohrstock bestrafte.

Und Walburga? Wirklich begriffen hatte sie es nie. Aber Georgs Plan war aufgegangen. Die Sache mit dem Fahrrad war eine solche Ungeheuerlichkeit, dass sie sich schwor, nie wieder ein Wort mit ihm zu wechseln. Nicht einmal den Eltern erzählte sie davon. Als diese einmal nach dem Fahrrad fragten, sagte sie, sie habe es wiederverkauft und wolle fortan wieder häufiger laufen.

Walburga schaffte es tatsächlich, obwohl man nicht weit auseinander wohnte, Georg Weis nie wieder über den Weg zu laufen. Er wurde später Offizier und kam vom Krieg nicht mehr zurück.

Nanu, schönes Fräulein, so allein?

1938

»Ein ausgesprochen guter Tag«, hatte ich diesmal notiert als ich, die Sonne im Rücken, um halb sechs abends von meinem Besuch aus dem Altenheim zurückkam. Fast merkwürdig war es gewesen, als sie mich heute auf Anhieb erkannt und kurz darauf mein Gesicht in ihre Hände genommen hatte. »Wie geht's dir, mein Guter?«, erkundigte sie sich nach meinem Befinden.

«Danke, Oma, keine Klagen und dir?«

«Ach, ich bin froh, dass du da bist. Da können wir uns ein bisschen unterhalten. Es wird langsam Frühling, gell? Heute morgen habe ich die ganze Zeit die Vöglein singen gehört.«

Ich war überrascht von ihrer äußerst guten Tagesform und meinte: »Ja, der Frühling kommt. Es ist ja auch schon der 12. Mai…«

Oma schwieg einen Moment lang. Es war eine Stille entstanden, über die ich nicht ganz sicher war, wie ich sie deuten sollte. Schließlich wiederholte sie, was ich gesagt hatte.

»12. Mai, 12. Mai.« Sie sagte es weder traurig, noch sonderlich glücklich und ich konnte beim besten Willen nicht verstehen, was sie meinte, also fragte ich:

«Ist das denn ein besonderes Datum?«

Sie lächelte müde, wobei sie sich mit ihren zitternden Händen über das Kinn strich.

«Nee, Bub, heute nicht mehr. Heute nicht mehr. Aber es war einmal wichtig.«

Hin und wieder half sie nun in der Papierfabrik, in der auch ihr Vater arbeitete, aus. Es war nicht viel Geld, das sie verdiente, aber die Familie konnte jeden Pfennig gut gebrauchen.

Tanzvergnügen am Sonnabend. Beginn um sieben Uhr im Gasthaus zum Ross, Altholstraße, Schweinheim.

Diese Zeilen las Walburga an einem recht schlampig, mit einer ungelenken Handschrift verfassten und vom Regen aufgeweichten Plakat, das an einem Zaun hing, auf ihrem Weg von der Arbeit nach Hause.

Seit einer Ewigkeit war sie nicht mehr bei einem solchen Tanzvergnügen gewesen. Gelegenheiten wären viele gewesen, aber die ganze Zeit hatte sie keine Lust zum Tanzen gehabt. Die Erlebnisse mit Georg, auch wenn sie schon nahezu zwei Jahre zurücklagen, hatten tiefe Wunden in Walburgas Seele hinterlassen.

Die Abendsonne versprühte ihre letzte Kraft und auch die Vögel kündigten mit ihren vielen verschiedenen Stimmen das Ende des Tages an, als Walburga in den elterlichen Hof einbog.

Die Familie war gerade beim Abendessen, da fiel Walburga wieder das Plakat ein. Irgendwann müsste sie sich ja doch überwinden, dachte sie. Außerdem würde sie dort auch bekannte junge Frauen treffen. Wer sagte denn, dass man Männer bei einem Tanzvergnügen brauchte. Sie stocherte in ihrem Teller herum und träumte vor sich hin. »Grumbern un dupp-dupp« wurde diese Mahlzeit genannt, bei der es lediglich Kartoffeln gab, die in Salz getunkt wurden. Die Großmutter, die am Tag mit auf dem Feld geholfen hatte, war zum Abendessen geblieben.

«Herrgott, Kind, kannst du das Essen nicht ehren, dass du so lieblos drin' rum stocherst?« fragte sie ihre Enkelin mürrisch. Da schaute auch der Vater auf.

«Wally, hast was auf'm Herzen?« fragte er liebevoll.

Walburga nahm allen Mut zusammen. »Auf'm Herzen nicht direkt, aber Papa, weißt du…« – sie hielt inne.

«Jetzt aber heraus mit der Sprache«, forderte sie der Vater auf, endlich zu sagen, was los war.

»Am Samstagabend ist wieder Tanz.«

«Und da würdest du gerne hin?«

Die Mutter beäugte die Konversation kritisch. »Anton, da sind doch wieder nur Burschen. Und wie das dann ausgeht, wissen wir jetzt ja.« Obwohl er genau wusste, dass seine Frau auf den Vorfall mit Georg Weis anspielte, beschwichtigte der Vater. »Lass gut sein, Anna. Unsere Wally hat die Woche gut und fleißig gearbeitet. Ich wüßt' net, warum sie am Wochenende da nicht hingehen sollte.«

«Dumm mit den Burschen um'nander stehen, da könnt' se lieber hier arbeiten.«, brachte sich die Großmutter ein.

Anton ging nicht weiter darauf ein und sagte nur: »Wally, wenn du da gern hingehen magst, dann darfst' das. Aber um zehn bist in dei'm Bett, verstanden?«

Walburga konnte ihr Glück nicht fassen. Auch wenn die Großmutter und Mutter nicht damit einverstanden waren, so wusste sie, dass Vaters Wort galt und sie die Erlaubnis bekommen hatte. Auf einmal war der bevorstehende Besuch der Tanzveranstaltung keine Überwindung mehr. Walburga freute sich regelrecht darauf.

«Ich arbeite dafür am Freitag doppelt so viel, versprochen!« Da konnte ihr selbst die oftmals strenge Großmutter nicht böse sein. »Na ja, ich bin ja auch noch da«, sagte sie beiläufig, aber nicht ohne Unterton, in dem zu merken war, dass es ihr gefiel, wenn sie gebraucht wurde.

Die restliche Woche verging wie im Flug. Während einige Jahre zuvor viel zu wenig in der Papierfabrik zu tun war, so gab es nun Arbeit in Hülle und Fülle. Am Freitagabend arbeitete Walburga wie versprochen nach ihrer Schicht noch im Stall und auf dem Feld und machte der Familie zum Abendessen Pfannkuchen. Anschließend nahm sie noch der Mutter den Abwasch ab, brachte die jüngste Schwester zu Bett und stopfte dem Vater eine Pfeife. Dann bat sie darum, zu Bett gehen zu können.

Am Samstagmorgen dann begann der Arbeitstag später als unter der Woche, nämlich um sechs Uhr. Am Nachmittag fragte

Walburga den Vater in regelmäßigen Abständen nach der Uhrzeit. Einige Male holte er seine Uhr umständlich aus der Westentasche hervor, bis er sagte:»Herrschaftszeiten, Wally! Ich schau schon, dass du rechtzeitig zu deinem Tanzen kommst!« Der Vater hielt sein Versprechen. Um Punkt achtzehn Uhr stand Walburga in ihrer Kammer und fing an, sich schick zu machen.

Sie zog das neue Kleid an, das die Mutter aus einem günstigen Vorhangstoff zu einem sehr ansehbaren Kleidungsstück gezaubert hatte, legte ihr Kommunionkreuz an der goldenen Kette um und tupfte ein wenig Rosenöl an die Handgelenke. Die Schuhe waren allerdings bereits äußerst abgelaufen, so dass sie die verkratzten Stellen mit Holzkohle übermalte. Schuhcreme hatte man nicht.

»Wie a Städtern schaut's aus, die Wally«, meinte die Großmutter und schlug die Hände zusammen, als Walburga die schmale Stiege hinunter kam.

Der Vater wies noch mal darauf hin, dass sie um zehn Uhr in ihrem Bett zu sein hatte und wünschte ihr dann viel Vergnügen.

Auf dem Weg zum»Weißen Ross« überlegte sie, ob sie nicht eine der Cousinen hätte fragen sollen, ob sie hätte mitkommen wollen, doch irgendwie war ihr heute nicht danach. Sie würde ohnehin viele bekannte Gesichter treffen.

Die Gaststätte»Zum Weißen Ross« war einem Schweinheimer zwar ein Begriff, aber selbst dort gewesen war Walburga noch nie.

Obwohl es gerade erst sieben Uhr war, standen im Gastraum bereits Rauschwaden, die dafür sorgten, dass man kaum ein Gesicht der bereits gut gefüllten Wirtschaft erkennen konnte. Walburga suchte sich einen Platz an einem Ecktisch und hörte der Kapelle zu, die bisher aber alles andere als Tanzmusik spielte. Bald trat der Wirt an den Tisch.

«Was darf's sein?«

»Einen Apfelwein, bitte.«

»Kommt sofort.«

Die meisten Tische waren bereits besetzt und immer mehr Menschen, die meisten mögen in Walburgas Alter gewesen sein, drängten in die Wirtschaft.

Während Walburga auf ihren Apfelwein wartete, schaute sie sich ein wenig um. Recht gemütlich war es, wenngleich die großen dunkeln Holzdecken einen arg bedrückenden Eindruck machten. Eigentlich komisch, dachte sie, dass sie noch nie hier gewesen war. Die jüngste Tochter des Wirts kannte sie sogar aus der Schule, die Kerz Loni. Aber die war fünf Jahre jünger als sie und so hatte man nur wenig miteinander zu tun. Sie wurde aus ihren Gedanken gerissen, als der Wirt den Apfelwein brachte. Walburga fielen seine harte Gesichtszüge auf und seine Hände deuteten auf ein arbeitsreiches Leben hin.

Leider musste sie bald feststellen, dass die Musikauswahl nicht besser wurde. Zwar wurden mittlerweile auch einige Walzer gespielt, bei denen sich Walburga mit ihrem guten musikalischen Gehör aber eher selbiges zuhalten musste.

Hin und wieder zogen ein paar bekannte Gesichter an Walburga vorbei, man grüßte sich kurz, kam aber nicht weiter ins Gespräch. Da sie sich kein zweites Glas Apfelwein leisten konnte, nippte sie in nur ganz kleinen Schlückchen daran.

Auf einmal fiel ihr Blick auf einen großen und staatlichen jungen Mann. Zumindest ging sie davon aus, dass er ein junger Mann war, denn bisher sah sie nur seinen Rücken. Er stand an der Theke und unterhielt sich mit dem Wirt.

»Interessant«, dachte Walburga, »wer weiß, wie der von vor'n ausschaut.« Sie selbst musste über ihre albernen Gedanken lachen. Doch es dauerte nicht lange, da sollte sie es erfahren. Lässig mit einer Hand an der Theke anlehnend, in der anderen eine Zigarette, drehte sich der in der Tat junge Mann um und blies kleine Wölkchen in die Luft. Er trug einen grauen modischen Zweireiher und eine fliederfarbene Krawatte, in seinem Knopfloch steckte eine Blume. Während sich Walburga ihn so betrachtete und an seinem Gesicht angelangt war, musste sie feststellen, dass er zu ihr rüber sah.

»Oh, nein«, dachte sie, »wie lange der wohl schon zu mir schaut?«
Um ihre im Gesicht aufsteigende Röte zu verbergen, blickte sie auf
den Boden.

Der junge Herr hatte das offensichtlich bemerkt, denn
nun grinste er verschmitzt, drückte den Zigarettenstummel aus
und marschierte schnurstracks auf Walburgas Tisch zu. Walburga
war das unglaublich peinlich und auch als er durch ein Räuspern
auf sich aufmerksam machte, schaute sie immer noch eher auf
seine Schuhe als in sein Gesicht.

»Nanu, schönes Fräulein, so allein?« waren die ersten Worte,
die er mit seiner warmen und sonoren Stimme sprach, die sie von
ihm hörte. Beide mussten schmunzeln, waren doch genau diese
Worte der Titel eines zeitgenössischen Schlagers.

Er bat höflich um die Erlaubnis, sich dazu setzen zu dürfen, die
ihm Walburga natürlich nicht verweigerte.

Als er schließlich »Vater, bringst mir auch einen Apfelwein!« rief,
wurde sie hellhörig. Der junge Mann stellte sich kurz darauf als Karl,
den ältesten Sohn des Gaswirts vor. Ein wenig peinlich berührt war
er, als der Vater ihn beim Servieren des Apfelweins darauf hinwies:
»Dass du mir den Äppelwoi auch ja bezahlst, Bürscherl!«

Ihre zurückhaltende Art machte Walburga für Karl nur noch
interessanter. Er sprach ungezwungen, machte Späße, war aber
zeitgleich unheimlich zuvorkommend und freundlich. Sie erfuhr,
dass er nach einer unglücklichen Lehre als Tüncher sich recht
schnell verpflichtet hatte und mittlerweile im Arbeitsdienst tätig
war. Zur Zeit war er auf Urlaub zu Hause bei den Eltern, wo er
ein wenig bei der Landwirtschaft und in der Gaststätte aushalf.
Ihn wiederum beeindruckte ihre bescheidene Art, wie sie von
den Eltern und den Geschwistern berichtete und wie sehr sie sich
gefreut hatte, heute Abend hier sein zu können.

»Ich dachte zuerst, es würde furchtbar langweilig werden«, gestand ihr Karl, »doch offensichtlich habe ich mich arg getäuscht.«,
wobei er sie verschmitzt lächelnd ansah.

»Ist sehr warm hier herinnen«, versuchte Walburga ein erneutes
Rotwerden zu überspielen.

«Das lässt sich ändern. Lust auf einen Spaziergang im Mondenschein?«, reagierte er schlagfertig. Damit hatte sie nicht gerechnet und war viel zu überrumpelt, als eine kluge Antwort geben zu können. Unverzüglich, nachdem sie die Worte»warum nicht« ausgesprochen hatte, biss sie sich auf die Zunge. Hätte sie das Angebot lieber ablehnen sollen? Gehörte sich das für ein junges Fräulein, mit einem nahezu Fremden zu nächtlicher Stunde durch die Gegend zu flanieren? Nun war es ohnehin schon zu spät, denn Karl war bereits in Begriff, ihr in den Mantel zu helfen. Da er auch noch ihren Apfelwein mitbezahlt hatte, fühlte sie sich nun schon fast verpflichtet, sein Angebot nicht auszuschlagen.

Die kühle Frühlingsluft legte sich wohltuend auf die erhitzten Gesichter und kam Walburga gelegen, um die Wirkung des Apfelweins ein wenig abklingen zu lassen.

Auch wenn sie sich zuerst nicht ganz wohl damit gefühlt hatte, von einem fast noch fremden Mann nach Hause begleitet zu werden, war sie nun froh, die dunkeln Gassen nicht alleine gehen zu müssen. Der charmante Karl ließ keine Langeweile aufkommen und erzählte Walburga von seiner Jugend, seinen Eltern und Geschwistern. So erfuhr sie, dass sein Vater aus einer im Dorf sehr angesehenen Müllersfamilie stammte. Als dieser dann Karls Mutter heiratete, wurde ihm der Hof aber nicht übergeben und so verließ er das Anwesen und kaufte mit seinem Erbteil, den er sich hatte auszahlen lassen, Karls späteres Elternhaus und betrieb fortan Land- und Gastwirtschaft.

Beide verstanden einander auf Anhieb, konnten sie sich doch gut in den anderen hineinversetzen. Auch wenn es Karls Familie mittlerweile besser ging als Walburgas, so hatten beide schon von Kindheit an hart mitarbeiten müssen.

Ein kühler Wind kündigte die eisig werdende Nacht an und Walburga dachte nicht einmal mehr darüber nach, Karls um ihre Taille geschlungenen Arm wegzudrücken. Nach dem schönen Abend war es ihr sogar sehr angenehm. Bei der Verabschiedung vor dem Hofeingang der Staudts angelangt war klar, dass die beiden sich wiedersehen würden.

Es war zwanzig Minuten nach neun, Walburga war also rechtzeitig zurück. In ihrem Tagebuch, das sie aber nur sporadisch führte, trug sie ein paar Zeilen über den gelungenen Abend ein.

Sie hatte sich allerdings nicht erlaubt, eine der Petroleumlampen anzuzünden um das Annasche nicht zu wecken, die ja mit ihr in der Kammer schlief. Am Rand des Tagebucheintrags hatte sie notiert: 12. Mai 1938.

Held an einem Festtag

1939

Es war ihr anfangs schwer gefallen, Vertrauen zu Karl zu fassen. Dies lag weniger an Karl, sondern eher an der herben Enttäuschung mit Georg, die sie immer noch nicht ganz verwunden hatte. Doch Karls aufmerksame, gefühlvolle und umsorgende Art, machte es ihr zumindest leichter. Nur wenige Wochen später war es im Dorf bereits bekannt und offiziell, dass die beiden ein Paar waren. Walburgas Vater wollte den jungen Mann auf Herz und Nieren prüfen und bestellte ihn an einem Samstagabend zu sich. »Nun, Herr Kerz und wie schwebt Ihnen Ihr weiteres Leben so vor?« Anton Staudt zündete sich eine Zigarre an und lehnte sich in den Ohrensessel zurück. Karl überlegte eine Weile und räusperte sich. »Also, wenn alles klappt, kann ich in ein paar Jahren den Hof meiner Eltern übernehmen. Das heißt also, die Land- und Gastwirtschaft.« Anton Staudt nickte anerkennend und hatte sichtlich ein wenig von seiner anfänglichen Souveränität verloren. Schnell war ihm klar geworden, dass die Eltern dieses jungen Mannes weitaus mehr zu bieten hatten als er. Jemand der ein ärmliches Anwesen von seinen Eltern übernommen hatte und nun seit fünfunddreißig Jahren sein Dasein in einer Fabrik fristete, die nie genügend Aufträge für alle Arbeiter hatte. So kürzte er das Gespräch ein wenig ab. »Herr Kerz, lassen Sie es mich so sagen…«, noch einmal hielt er inne. »Wenn Sie unsere Walburga heiraten möchten, dann hab' ich nichts dagegen und ihr zwoa habt meinen Segen.« Am liebsten hätte Karl wohl einen Luftsprung gemacht, so groß war seine Freude und die Erleichterung über das Gespräch mit dem künftigen Schwiegervater. Von draußen wurde auch gejubelt, denn da hatte die restliche Familie Staudt an Tür und Fenstern gelauscht, in der Hoffnung, der Vater würde endlich seine Zustimmung geben. So war der Bann gebrochen und Karl hatte bei den Staudts einen außerordentlich guten Einstand.

Die Hochzeitsvorbereitungen waren bereits in vollem Gange. Walburga und Karl waren vor zwei Tagen bereits standesamtlich getraut worden. Des Führers Grüße hatte ihnen der Standesbeamte übermittelt und ihnen als kleines Geschenk »Mein Kampf« überreicht, das Walburga nur sehr ungern entgegen genommen hatte. Erst als Karl sie unsanft in die Seite kniff, hatte sie sich zu einem »Dankeschön« durchringen können.

Nun sollten sie also auch den kirchlichen Segen bekommen. Karls Eltern hatten sich bereit erklärt, die Hochzeit in der eigenen Gaststätte auszurichten und die Staudts hatten ein Schwein und drei Hühner für das Festtagsessen schlachten lassen. Walburga saß bei den Eltern in der Wohnstube und ließ sich von der Mutter den Blumenkranz aufsetzen. Lange konnte es nicht mehr dauern, da würde Karl samt Hochzeitsgesellschaft sie, nach altem Brauch, an ihrem Elternhaus abholen und zur Kirche geleiten. Der Vater stand im Hauseingang und rauchte eine Zigarre.

«Ja, unser erstes Kind, das uns verlässt, Anna. Die Zeit vergeht…« Walburga schnitt ihm harsch das Wort ab. »Papa! Ich verlass' euch doch nicht. Mach mir doch bitte das Herz nicht so schwer. Und außerdem bleiben wir doch sowieso erst einmal bei euch bis wir eine eigene Wohnung gefunden haben.«

Anton Staudt ging es dennoch nahe, seine Tochter von nun an nicht mehr unter seinem väterlichen Schutz zu wissen. Die aufkommende Sentimentalität vertrieb er sich mit einem Blick auf die Uhr. »Zu spät. Sie sind zu spät. Wo sie nur bleiben? Der Pfarrer wartet doch nicht!«

»Anton!«, rief die Mutter und warf ihrem Mann einen genervten Blick zu, »Du machst das Kind ja noch ganz nervös«.

»Nein, Mama«, beschwichtigte Walburga, »er hat Recht. Sie sind schon fast fünfzehn Minuten zu spät. Wir sollen doch in weniger als einer halben Stunde getraut werden.«

»Heilige Maria Mutter Gottes.« Diese Worte sprach der Vater, den Blick Richtung Aschaffenburger Straße gerichtet, wie in Trance.

»Papa was is…« Nun hatte es auch Walburga entdeckt. Die Hochzeitsgesellschaft kam um sie abzuholen. Es mögen zwanzig Leute gewesen sein, alle herausgeputzt in ihren besten Kleidern und vorne, den Zug anführend, da lief ihr Karl. Von seinem herrlichen Hochzeitsanzug mit blütenweißem Hemd und weißer Fliege war nicht mehr viel zu erkennen. Von oben bis unten, war er mit Mist besudelt. Je näher sie kamen, sah man auch, dass selbst sein Gesicht vor Dreck starrte und ihm aus den Schuhen der Schlamm schwappte. »Was hat der Bursch nun wieder angestellt?« Der Vater ballte die Fäuste. Walburga war nun auch hinzugekommen und als sie ihren Bräutigam erblickte, riss sie den Rock hoch und rannte die drei Stufen vom Hauseingang hinunter in den Hof. Sie wusste nicht ganz, wie ihr geschah. Für einen Moment verschwamm alles vor ihren Augen und sie verspürte eine bleierne Schwere im Kopf. Die Stimmen der Hochzeitsgesellschaft hörte sie nur noch wie aus weiter Ferne. Wie zum Teufel konnte er ihr das nur antun, an womöglich wichtigsten Tag ihres Lebens, an ihrem Elternhaus in Dreck und Speck aufzutauchen. Am liebsten wäre sie in Grund und Boden versunken, so sehr schämte sie sich. Sie blies sich eine Haarsträhne aus dem Gesicht und musterte Karl erneut, der mittlerweile vor ihr zum Stehen gekommen war. Die brütende Hitze an diesem Augusttag war bereits im Begriff, den Mist an seinem Brautanzug festzutrocknen und Fliegen umringten ihn. Der Kloß, der sich in Walburgas Hals befand, ließ sich nicht mehr wegschlucken. Nein, nun suchte er sich sein Ventil und trieb ihr das Wasser in die Augen. Sie bemühte sich sehr, stark zu sein, doch am nervösen Zittern ihrer Unterlippe war zu erkennen, dass sie kurz davor war, in Tränen auszubrechen.

«Meine Liebe«, setzte Karl vorsichtig an, »lass mich bitte erklären«. Immer noch schaute Walburga ihm nicht in die Augen. »Wally«, erhob sich eine der Stimmen aus der Menge, »stolz kannst' sein, so einen Mann zu kriegen. Der ist ein Held!« Walburga kannte jene Frau, wenn auch nur flüchtig vom Sehen. Sie blinzelte gegen die hochstehende Sonne an. Böse konnte sie ihm ja eigentlich gar nicht sein, so wie er sie anblickte mit seinen rehbraunen Augen. »Bist mir wirklich ein Held, Karli, mir an unserem Hochzeitstag so eine Überraschung zu bereiten.« Gelächter brach aus und Karls Vater klopfte seinem Sohn ermutigend auf die Schulter, er solle doch erzählen was passiert sei. Karl begann erst stockend, wurde dann schneller, nüchtern und ohne den geringsten Stolz. Ja, die Frau hatte nicht übertrieben, ihr Karl war ein Held. Walburga hatte ihm Unrecht getan und schämte sich zutiefst. Aber wie hätte sie auf so etwas kommen können?

Als Karl in seinem schwarzen Hochzeitsanzug mit blütenweißem Hemd, weißer Fliege und herrlich frisch nach Lavendelöl duftend hinter seinen Eltern, dem Bauern und der Bäuerin, das Haus verließ, hatte sich die gesamte Nachbarschaft applaudierend im Hof platziert. Eine der Nachbarinnen musste wohl so gespannt auf den Bräutigam geschaut haben, dass sie ihr dreijähriges Bübchen aus den Augen ließ. Dieser lief fasziniert von dem großen Hof umher. Solange, bis er schließlich in die Jauchengrube stürzte. Dort befand sich immerhin der Mist von gut einem Dutzend Kühen und zahlreichen Schweinen. Es war tief genug, dass der kleine Junge problemlos dort hätte ertrinken können. Erst sein zaghafter Hilfeschrei machte die Menge darauf aufmerksam, was passiert war. Ehe der Bauer Kerz noch eine Mistgabel holen wollte, um den Jungen diese greifen zu lassen und ihn anschließend daran herauszuziehen, war es schon geschehen. Ohne jeglichen Zweifel und Vorbehalte. So, wie der müde Wanderer, der sich auf den Sprung in den kühlen Bergsee freut. Schnell war der Kleine herausgezogen, der in Panik zwar ein wenig Mist heruntergeschluckt hatte, dem sonst aber nichts passiert war. Erst ging ein gemeinschaftsfrohes »oh« und »ah« durch die Menge, dann wurde wieder applaudiert. An dem Tag der eigenen Hochzeit auch noch ein Menschenleben gerettet zu haben, das war schon etwas besonderes. Dennoch verstand Walburga nicht ganz, warum außer ihrem Karl niemand reagiert hatte. Oder war er einfach der schnellste gewesen, der dem dreijährigen geistesgegenwärtig in die unangenehme Masse nachgesprungen war? Wie auch immer, die Hauptsache, dem Kind ging es gut.

In diesem Fall hatte Walburga natürlich keinerlei Recht, ihren Karl zu verurteilen und auch die Eltern fanden anerkennende Worte. »Wir haben dich lieber stinkend zum Schwiegersohn, als gar nicht«, hatte der Vater gemeint. Recht hatte er, auch wenn die beiden auf dem Weg in die Kirche mehr als einmal belächelt wurden und Leute stehen blieben und tuschelten, so hätte Walburga glücklicher nicht sein können. Sie heiratete heute – und zwar einen Helden.

Ein zu kurzes Glück

1939

Die Hochzeitsfeier hatte bis spät in die Nacht angedauert. Auch wenn das Bier und der Apfelwein schon nach einer Stunde ausgegangen waren, so hatte man ungeachtet dessen fröhlich weiter gefeiert und das Hochzeitspaar hochleben lassen. Walburgas Cousin Toni hatte Geige gespielt, Onkel Johann Bass und der Vater hatte sie mit ihrem Lieblingslied zu Tränen gerührt. »Gute Nacht, du mein herziges Kind«. Walburga war es auch nicht entgangen, als der Vater sich während der letzten Strophe eine Träne hatte wegwischen müssen. Natürlich würde sie ihren Eltern und Geschwistern erhalten bleiben, aber immerhin war sie nun eine verheiratete Frau und besaß nun ihre eigene kleine Familie. »Die Frau sei dem Manne Untertan« hatten ihr die Eltern seit jeher eingebläut. Auch wenn sie diesen Leitsatz recht hart fand, wusste sie, dass sie ihren Pflichten und ihrem Mann gerecht werden wollte. Nun saß das frisch verheiratete Paar in der kleinen Kammer in Walburgas Elternhaus. Bis sie eine Wohnung finden, würden sie erst einmal hier bleiben. Walburga saß vor dem kleinen angelaufenen Spiegel und löste den Blumenkranz aus ihrem Haar. Karl hatte die Dachluke geöffnet, rauchte eine Zigarette und pfiff eine Melodie aus seinen Jugendtagen. Seine Schuhe hatte er mitten in der Kammer auf dem Boden stehen lassen. Walburga sah im Spiegel die Schuhe auf dem Boden liegen und weil sie kaum etwas mehr hasste als Unordnung, stand sie auf, um sie ordentlich in die Ecke zu stellen. Gerade als sie beginnen wollte, ihrem Karl zu sagen, dass es doch auch nicht mehr Arbeit gemacht hätte, die Schuhe gleich an ihren Platz zu stellen, hielt sie inne. In dem einen Schuh waren mehrere

Zentimeter Schichten von alten Zeitungen. Karl schloss gerade das Dachfenster und drehte sich zu seiner Frau. Nun standen sie sich gegenüber und schauten sich direkt in die Augen. »Ich glaube, ich muss dir etwas erzählen, mein Schatz…« er sprach nicht weiter. Herausfordernd schaute Walburga ihn an. Er machte einen hinkenden Schritt auf sie zu wobei er das eine Bein nachzog. »Ich weiß, vielleicht hätte ich es dir gleich sagen sollen, aber irgendwie habe ich nie den richtigen Zeitpunkt gefunden. Sieh, dieses Bein ist um einiges kürzer als das andere. Wenn ich den einen Schuh nicht ausstopfen würde, sähe ich beim Laufen aus wie der Glöckner von Notre Dame persönlich.«

Immer noch schaute Walburga ihn an. »Aber warum hast du es mir denn nicht gesagt?« In ihrer Stimme ließ sich die aufkommende Enttäuschung nicht verbergen. Im Grunde war es ihr egal, ob ihr Mann hinkte. Nein, nicht nur im Grunde. Es war ihr vollkommen egal. Es machte sie nur unglaublich traurig, dass er es ihr verschwiegen hatte. Für sie standen Ehrlichkeit und Aufrichtigkeit an erster Stelle. Sie verstand nicht, warum er nicht genügend Vertrauen zu ihr hatte, um ihr das zu sagen. Eigentlich wäre ihr danach gewesen, ihn anzuschreien, ihm mitzuteilen, wie enttäuscht und traurig sie war, doch sie tat es nicht.

Bereits als Bub hatte Karl mit seinem Bruder und seinem Vater das Getreide zum Mahlen zur Mühle zu bringen. Der Weg dort hin nahm einen ganzen Tag in Anspruch und bis man dort ankam, war es oftmals schon lange tiefschwarze Nacht. Die letzten Kilometer gingen recht steil bergab, so dass die Buben während der Fahrt abspringen und das schwer beladene Fuhrwerk per Hand bremsen mussten. Viele Male ging es gut, doch einmal kam Karl beim Abspringen so unglücklich unter den Wagen und erlitt einen schweren Knochenbruch. Das Bein wurde geschient und ihm wurde strenge Bettruhe verordnet. Doch daran hielt er sich nicht. Zu verlockend waren die Stimmen seiner Freunde, die von draußen in sein Zimmer drangen und auch der Vater war auf seine Arbeitskraft angewiesen. So lief Karl bereits nach wenigen

Tagen mit einem gebrochenen Bein herum, das niemals richtig verheilen konnte. Das hatte zur Folge, dass das Bein irgendwann einfach nicht weiterwuchs. Als mahnende Erinnerung blieb ihm eine erhebliche Längendifferenz des einen Beines zurück. Etwas, was sich nicht lange verbergen ließ, schon gar nicht vor der eigenen Ehefrau.

Walburga hörte die Geschichte, wie es zu dem Unfall kam nur wie aus weiter Entfernung. Auch als Karl sie fragte, ob sie ihm böse sei, brachte sie nur ein belegtes »nein« heraus. In ihr brodelte es, aber sie ließ es nicht heraus. Unbewusst war ihr klar, dass ihr Verhalten an jenem Abend maßgebend für ihre weitere Entwicklung war.

Erwachen

1939

Walburga und Karl waren kaum drei Wochen verheiratet, da hörte die versammelte Familie bei Nachbarn die Meldung aus dem blechern klingenden Volksempfänger. «Seit heute morgen wird zurückgeschossen.« Karl hatte schon lange angekündigt, dass es wahrscheinlich Krieg geben würde, aber Walburga wollte es nie hören. Überhaupt hatte sie nicht viel übrig für Politik und was derzeit in der Welt geschah – davon wollte sie schon rein gar nichts wissen. Schon vor Jahren hatte der Vater gesagt, dass das kein gutes Ende nehmen wird. »Oaner, der sich über den Herrgott persönlich stellt, das ist vorbestimmt, daneben zu gehen.« Viele der Freunde und Nachbarn gehörten mittlerweile zu denen, die gerne den rechten Arm zum Gruß hoben und auch lautstark in das Horst Wessel-Lied eingestimmt hatten als in diesem Jahr Schweinheim seine Selbständigkeit aufgab und zu Aschaffenburg eingemeindet wurde. Seit dem Walburga mit Karl Bekanntschaft gemacht hatte und dieser immer öfter auch bei ihren Eltern verkehrte, schwieg der Vater allerdings zu diesem Thema. Nicht, dass er nicht das Bedürfnis gehabt hätte, seine Meinung zu äußern. Er tat es um des lieben Friedens Willen. Als Karl an einem Sonntag die Wohnstube der Schwiegereltern mit Hitlergruß betrat, antwortete der Vater zunächst nur mit einem betont deutlichen »Grüß Gott«. Karl aber ließ es nicht dabei bewenden und forderte die Familie Staudt auf, den Gruß zu erwidern. Anton Staudt, der gerade beim Essen der Brotsuppe war, ließ den Löffel sinken und antwortete, ohne Karl dabei eines Blickes zu würdigen: »Dass meine

Tochter sich en' braunen ausgesucht hat, kann ich nicht ändern, aber in meinem Haus entscheide ich, wie gegrüßt wird und den Schmarr'n möchte ich hier nicht mehr hören.« Karl hatte eine solche Erwiderung scheinbar nicht erwartet und sorgte mit seinem Schweigen dafür, dass die Diskussion ein Ende gefunden hatte. Walburgas Mutter entspannte die Situation ein wenig, indem sie ihm auch einen Teller Suppe hinstellte. Eigentlich kamen die Staudts sogar sehr gut mit ihrem Schwiegersohn aus, sie hielten sogar große Stücke auf ihn und schätzten seinen Ehrgeiz, Arbeitswillen und seine tatkräftige Hilfe. Aber verschiedene Auffassungen von grundlegenden Dingen ließ sie aneinandergeraten. Und so verzichtete Karl auf den Hitlergruß im Hause Staudt und Anton Staudt hingegen verkniff sich sein Geschimpfe gegen das sonst vom ihm »braune Ungeziefer« genannte Regime.

Nun aber war Krieg ausgebrochen und es zeichnete sich ab, dass auch Karl würde fortgehen müssen. Zwar nicht an die Front, sondern in den Reichsarbeitsdienst, wo er für die Ausbildung von sogenannten Arbeitsmännern zuständig war, aber dennoch weg von seiner Frau.

Walburga saß immer noch vor dem längst abgestellten Volksempfänger und starrte mit vom Weinen geröteten Augen vor sich hin. Karl versuchte sie zu beruhigen, aber sie war völlig aufgelöst. Auch dem Vater wollten nicht recht Worte des Trostes einfallen, waren bei ihm die Erinnerungen des ersten großen Krieges noch viel zu sehr präsent. Als dann Karl auch noch begann, von der Treue zum Führer und vom Heldentum sprach, verließ Anton Staudt türenschlagend den Raum.

»Versteh' doch, Walburga. Das ist keine Frage der Entscheidung. Ich muss gehen.«

Walburgas traurige Augen funkelten Karl an. »Ich weiß, dass du gehen musst. Mich macht nur so traurig, mit welcher Freude du gehst. Spürst du denn gar nichts wie Wehmut von mir wegzugehen?«

Karl seufzte und schaute suchend durch den Raum und spielte nervös mit seinem silbernen Zigarettenetui. »Mach's mir doch nicht noch schwerer als es ohnehin ist. Wenn du mich unterstützt, geht die Zeit, die wir getrennt sind, auch viel schneller vorüber. Außerdem wenn wir denen erst mal gezeigt haben, wo es langgeht, dann...« »Karl! Hör endlich auf! Ich finde es schrecklich, wenn du so stolz von etwas sprichst, das nichts als Leid hervorbringt.« Es war ihm bewusst, dass jede Erklärung zwecklos sein würde.

Bevor Karl nach Nürnberg abreiste, hatte er sich um eine Wohnung bemüht. Dies stellte kein sonderlich schwieriges Unterfangen dar, denn in Schweinheim kannte man ihn als aufrichtigen und tüchtigen jungen Mann. So bezog Walburga eine kleine Ein-Zimmer-Wohnung am Tag von Karls Abreise. Möbel hatte das junge Paar nicht, aber nun eine eigene Bleibe, gerade ein paar hundert Meter von Walburgas Eltern entfernt. Die Wochen zuvor bei Walburgas Eltern in der kleinen Dachkammer waren kein Vergnügen gewesen. Walburga bemühte sich, die Wohnung notdürftig herzurichten. Gemeinsam mit der Mutter nähte sie aus Stoffresten Gardinen und der Vater zimmerte ein paar ausgediente Möbelstücke aus dem Schuppen wieder zusammen, dass sie nutzbar wurden. Die Freude über die Wohnung war nicht von allzu langer Dauer. Dass Karl nun endgültig weggehen würde und sie nicht wussten, wann sie sich wieder sehen würden, lastete auf ihrem Gemüt wie der drückend dunkle Himmel über Schweinheim an diesem Tag.

Sie hatte es nicht fertiggebracht, ihn mit zum Bahnhof zu begleiten. Als Karl den Fußmarsch in Richtung Stadtmitte antrat, hatte auch er mit den Tränen zu kämpfen. Fest umklammerte er das ärmlich wirkende Blumensträußchen, das Walburga ihm zum Abschied gegeben hatte. Als die Eltern, die Karl zum Bahnhof gebracht hatten, wieder nach Hause kamen, war Walburga nicht da. Auch in der neuen Wohnung fanden sie ihre Tochter nicht vor.

Anton Staudt stand im Hof und reparierte das Gatter des Hühnerstalls, als Walburga die Aschaffenburger Straße hinauf kam. «Madl, wo warst' denn? Wir haben uns Sorgen gemacht. Du hättest den Karl schon mit verabschieden sollen. Denk nicht, dass es für ihn leicht wäre.« Ohne direkt darauf einzugehen, lächelte sie ihren Vater an. »Ich war in der Stadt, Papa. Stell dir vor, ich hab' Arbeit bei der Färberei Huber gefunden.«

«Du hast was? Arbeit? In der Stadt?«

«Ja, da arbeite ich jetzt täglich. Und ich verdiene gut genug, dass ich in ein paar Monaten vielleicht schon ein paar neue Möbel kaufen kann.«

»Hmm«, brummelte der Vater und strich sich mit dem Handrücken über das Kinn.

»Ich weiß nicht, ob das so gut ist, wenn du den ganzen Tag weg bist. Genug Arbeit gäbe es hier auch.« Seine Tochter schüttelte den Kopf. »Am Nachmittag komme ich ja wieder nach Hause, da kann ich euch doch noch helfen. Papa, ich verdiene gutes Geld dort. Außerdem fällt mir dann alles ein wenig leichter, wenn ich abgelenkt bin.«

»Ja, wirst schon wissen, was du tust. Aber, dass du uns ja nicht ganz im Stich lässt.« Eigentlich war ihm alles recht, solange seine Tochter zufrieden war. Und nach dem Abschiedsschmerz seit bekannt war, dass Karl würde fort müssen, hatte er sie nur selten lächeln gesehen. So waren bei ihm jegliche Einwände entkräftet worden.

Walburga drückte ihrem Vater einen flüchtigen Kuss auf die Wange und rannte ins Haus, um ihrer Mutter ebenso alles zu erzählen.

Täglich schrieben sie sich. Der Postweg dauerte drei Tage, aber dadurch, dass sie sich so häufig schrieben, war gewährleistet, dass jeder täglich einen Brief des anderen erhielt. Kam einmal ein Tag kein Brief, beschwerte sich Karl unverzüglich, warum sie ihn so lange warten lassen würde. Walburga hingegen vermisste oftmals die Wärme zwischen den Zeilen in Karls Briefen, was sie ihn auch wiederum in ihren nächsten Briefen wissen ließ. Ansonsten berichteten sie sich gegenseitig von ihren Tagesabläufen. Die Tage im Arbeitslager zogen sich manchmal unermesslich lange hin. In der Arbeit ging er auf, aber an vielen Tag gab es kaum etwas zu tun und so waren es vor allem Walburgas Briefe, die dafür sorgten, dass er nicht in tiefe Depressionen verfiel.

Karl war alles andere als erfreut zu lesen, dass sich Walburga Arbeit gesucht hatte. All ihre Argumente, hatte er zurückgewiesen und ihr mehrmals geantwortet, dass er es nicht wünsche, dass seine Frau arbeitet. Er schickte nahezu seinen gesamten Sold nach Hause und war der Meinung, dass dies ausreichen würde. Zwar versuchte Walburga auch weiterhin, ihn davon zu überzeugen, dass sie das Geld gut gebrauchen könnten, doch Karl bestand darauf, dass sie die Arbeit nicht weiterführen solle.

«Morgen gehst du zu Herrn Huber und sagst ihnen, dass du andere Verpflichtungen hast und nicht mehr dort arbeiten kannst. Du bist meine Frau, du gehörst zu mir. Also richte dich nach mir und nicht nach anderen.«, schrieb er ihr im September 1939. Walburga verstand die Welt nicht mehr. Was sprach dagegen, dass sie dort arbeitete? Er konnte doch nicht von ihr verlangen, dass sie den gesamten Tag zu Hause saß. Schnell wischte sie sich ein paar Tränen weg, von denen schon einige schwer auf den Brief getropft waren, den sie immer noch in den Händen hielt.

Anfang November endlich kam die freudige Nachricht. Freudestrahlend berichtete Walburga den Eltern und den Geschwistern, dass Karl für das Wochenende nach Hause kommen würde. »Diesmal lasse ich ihn nicht wieder weggehen«, sagte Walburga, wohlwissentlich, dass das natürlich Unsinn war. Sie würde ihn weggehen lassen müssen, denn sein Aufenthalt in der Heimat war auf das Wochenende begrenzt. Aber wenigstens würde sie ihn überhaupt sehen! Solch eine lange Zeit war vergangen, seit sie ihn das letzte Mal in ihren Armen halten konnte. Nun war es also endlich soweit. Um 6.05 Uhr würde Karls Zug in Aschaffenburg ankommen. Ganz allein machte sich Walburga bereits kurz nach fünf Uhr auf den Weg, ihn vom Bahnhof abzuholen. Eisig pfiff der Wind durch ihren abgetragenen und viel zu dünnen Wintermantel. Ein leichter Schneeregen hatte eingesetzt und der Weg von Schweinheim zum Aschaffenburger Hauptbahnhof, der ohnehin kein Vergnügen war, wurde nun noch beschwerlicher. Doch keine Macht der Welt konnte sie davon abhalten, pünktlich um kurz nach sechs am Gleis zu stehen und ihren geliebten Karl in Empfang zu nehmen. Schnaubend und schwerfällig bahnte sich die Lokomotive den Weg in den bereits schon sehr belebten Bahnhof. Hastig lief Walburga auf und ab in der Hoffnung, sie würde direkt vor der Türe zu stehen kommen, wo Karl auch ausstieg. Sie stand fast an der Spitze des Zuges als sie ihn erblickte. Im hintersten Abteil war er ausgestiegen. Endlich! Nun trennten sie nur noch wenige Meter voneinander. Karl nahm sein Gepäck vom Rücken und rannte auf seine Frau zu, die ihm bereits entgegen lief. Insgeheim hatte Walburga große Befürchtungen gehabt, dass er sich verändert haben könnte und nichts wie einst sein würde. Doch wie konnte sie nur so einfältig sein! Seine herzliche und innige Umarmung bewiesen ihr das Gegenteil. Sogar sein verschmitztes Lächeln war das gleiche geblieben. Ihr Karl war zu Hause angekommen.

»Nie wieder lass ich dich los«, sagte sie mit tränenzitternder Stimme.

«Du wirst mich schon los lassen müssen, oder möchtest du, dass wir beide hier erfrieren«, sagte er und wischte ihr dabei mit seinen starken Händen sanft die Tränen von der Wange.»Hör mal, das ist doch kein Grund zu weinen. Freust du dich denn gar nicht?«, fragte er, weil er offensichtlich von ihr hören wollte, wie groß ihre Wiedersehensfreude war.

»Oh, Karl. Du hast ja keine Ahnung. Ich hab' ja solche Sehnsucht gehabt.«

»Na, dann ist doch alles in Ordnung. Und weißt du was wir jetzt tun? Wir gönnen uns eine schöne Suppe dort drüben. Ich bin ja die gesamte Nacht durchgefahren und habe einen Bärenhunger.«

Auch Walburga war dem nicht abgeneigt, denn auch wenn sie nach dem Aufstehen schon eine heiße Ziegenmilch getrunken hatte, so war sie mittlerweile stocksteif gefroren.

Der kleine Ofen, der den kleinen schäbigen Raum des Bahnhofsrestaurants heizen sollte, vermochte nicht einmal die Eiskristalle, die sich innen an den Fenstern befanden, zum Auflösen zu bringen. Walburga umklammerte ihren Humpen mit der Suppe um die blaugefrorenen Finger aufzuwärmen.

Sie hatten bisher kaum ein Wort gesprochen und jeder starrte in seine Suppe, bis Karl schließlich begann.»Nun, Herzele, ich höre. Was gibt's Neues?«

Ein wenig verlegen schaute sie ihren Mann an. »Ich hab dir ja schon alles geschrieben und so recht will mir jetzt nichts einfallen, was du noch nicht weißt«, sagte sie und ließ den Blick dabei durch den Raum schweifen. Dies war wirklich keine Atmosphäre in der man sich gegenseitig das Herz ausschütten konnte und die bitterliche Kälte tat ihr übriges. Karl schaute kritisch, doch Walburga setzte an, um bei ihm keinen Unmut aufkommen zu lassen. »Lass uns doch jetzt nach Hause gehen. Da ist jetzt geheizt und die Mutter hat sicherlich schon einen warmen Kaffee auf dem Ofen.«

Karl war offensichtlich verwundert über Walburgas vermeintliche Ausflüchte.

«Du willst doch jetzt nicht etwa nach Hause gehen. Es ist Freitagmorgen und die Geschäfte öffnen gleich. Wenn ich schon einmal hier bin, dann gehen wir auch einkaufen. Und es wäre ja nicht so, dass wir nichts gebrauchen könnten.« Dabei senkte er seinen Blick auf Walburgas nur sehr langsam warm werdenden Hände. »Das erste, das ich dir kaufe, sind ein Paar Handschuhe. Lieb, wie leichtsinnig bist du denn. Da kann man sich bei der Kälte doch den Tod holen!«

Walburga freute sich einerseits über seine Fürsorge, aber andererseits war es ihr nicht recht, für etwas Geld auszugeben, von dem nur sie Nutzen hatte.

»Karl, Handschuhe im Laden sind furchtbar teuer. Lass uns do…«, weiter kam sie nicht.

»Keine Widerrede mehr, jetzt wird einkaufen gegangen!«

Sie widersprach ihm nicht. Es blieb nicht bei den Handschuhen, er kaufte ihr sogar einen neuen Wintermantel. Nein, das war ihr wirklich nicht recht gewesen, so etwas furchtbar teures, das wollte sie nicht haben. Fast böse hatte er ihr im Laden zugezischt, dass das seine Angelegenheit sei und so hatte sie sich rausgehalten und dann den Laden mit einem neuen Mantel aus einem schweren, wärmenden Wollstoff verlassen. Mit dem fortschreitenden Vormittag wurde auch das Wetter ein wenig freundlicher. Auch wenn die Temperaturen noch weit unter dem Gefrierpunkt lagen, so ließ sich jetzt wenigstens die Sonne sehen. Vor der Brasserie machte Karl schließlich halt.

«So, und jetzt gehen wir da hinein und trinken einen Schoppen.«

Wieder hatte Walburga Einwände.»Karl, das wird doch zu teuer.«

Karl, der schon den Türgriff des Lokals in der Hand hatte, drehte sich zu seiner Frau um und stellte sich unmittelbar vor sie und schaute ihr mit durchdringendem Blick direkt in die Augen.

»Willst du jetzt den ganzen Tag damit verbringen, was ich wie zu tun habe? Ich habe für das Geld gearbeitet, also entscheide auch ich, wie es ausgegeben wird.«

Walburga senkte den Blick auf den Boden. Karl merkte, dass er sich im Ton vergriffen hatte.»Mein Herz, schau mal. Du hast dir es doch genauso verdient wie ich. Wir trinken jeder ein Bier und schauen mal, ob die auch etwas ordentliches zum Mittagessen haben.«

Wieder musste Walburga zustimmen. Karl bestellte zwei Bier und zum Essen zwei Portionen Bratwürste mit Sauerkraut. Vielleicht hatte er ja Recht, dachte Walburga, und man muss sich auch einmal so etwas gönnen. Außerdem war das Essen wirklich vorzüglich gewesen. Gerade wollte sie ihren Mann fragen, ob sie langsam gehen wollten, da rief dieser unüberhörbar durchs gesamte Lokal:»So, Bedienung und nun zwei Schnäpse und noch mal zwei Bier!«

Nein, sie wollte keinen Schnaps und schon gar kein Bier mehr. Ihm es zu sagen hätte kaum Wert gehabt. Den Schnaps trank sie gezwungenermaßen, doch das Bier schob sie Karl zu, der auch gar keine Anstalten machte, sich zu beschweren. Es sollte nicht beim zweiten Bier bleiben und auch nicht beim dritten. Walburga saß in ihrem neuen Wintermantel mit am Tisch und sah zu, wie Karl eine Runde nach der anderen bestellte.

Plötzlich kam eine kleine Frau mittleren Alters wild gestikulierend und winkend auf Walburga zu.»Hallo! Frau Kerz!«Es war

Frau Huber, Walburgas Chefin in der Färberei. Gerade wollte sie die Begrüßung genau so herzlich erwidern, da fiel ihr siedheiß ein, dass sie Karl verschwiegen hatte, dass sie immer noch dort arbeitete.

«Frau Kerz, das freut mich, dass ich sie hier treffe! Oh, der Herr Kerz ist auch da! Na, da haben Sie ja Anlass zu feiern«, dabei nickte sie breit lächelnd in seine Richtung. Karl schien etwas überrumpelt, brachte nur ein kurzes »Tag« hervor und macht keine Anstalten sich zur Begrüßung zu erheben. Frau Huber ließ sich davon aber nicht im geringsten irritieren und wandte sich wieder ihrer Mitarbeiterin zu. »Jedenfalls Frau Kerz, wollte ich Ihnen nur noch mal vielen Dank sagen, dass Sie gestern auch die zweite Schicht übernommen haben, ich wüsst' ja net, was ich ohne Sie machen sollte.«

Unter anderen Umständen hätte sich Walburga über solch ein Lob unheimlich gefreut, aber in dieser Situation war es fatal. Verzweifelt versuchte sie, einen klaren Gedanken fassen zu können um die Situation zu retten, doch Karl hatte bereits verstanden. Schwer hielt er sich an der Tischplatte fest, brummte etwas unverständliches vor sich hin, stand auf und ging, ohne eine Wort zu sagen, nach vorne an die Theke, wo er sich laut polternd auf einen der Barhocker niederließ.

»Frau Kerz, ich versteh' nicht ganz, hab' ich was Falsches gesagt?« Walburga wurde es toll im Kopf. Die stickige Luft schnürte ihr die Kehle zu und eine Hilflosigkeit überkam sie, die sich wie ein schwerer Schleier über ihr Denken legte. Einen Moment lang dachte sie, sie würde ohnmächtig werden. Sie kniff die Augen zusammen und unter großer Anstrengung gelang es ihr, wieder Kontrolle über ihren Körper zu gelangen.

»Entschuldigen Sie mich bitte, Frau Huber, aber ich muss nach meinem Mann schauen.«

Die Frau, die jetzt alleine an dem leeren Tisch stand, stemmte die Arme in die Hüften. »Da versteh' einer die Welt noch. Da lobt man und meint es gut und dann so was.«

Karl würdigte seine Frau keines Blickes, obwohl er natürlich gemerkt hatte, dass sie mittlerweile hinter ihm stand. Walburga hatte bereits mehrere Versuche gemacht, ihm alles zu erklären, die er aber jedes Mal mit einer abwertenden Handbewegung abgewendet hatte. »Eine Lokalrunde!«, schmetterte er mit seiner kräftigen Bassstimme. Walburga war verzweifelt. Sie setzte sich auf den freien Barhocker neben ihm und stützte das Gesicht in die Hände. Ihr Schluchzen wurde von dem Stimmengewirr und den aneinander schlagenden Gläsern übertönt. Was konnte sie nur tun? Warum war sie es eigentlich, die ein schlechtes Gewissen haben musste? Er war derjenige, der sich hier vollaufen ließ und das gesamtes Geld verprasste. Sie müsste ihn nur kräftig am Arm packen und aus dem Lokal ziehen, da würde er schon so überrascht sein, dass er einfach mitkäme. Wenn sie doch nur...

Sie tat es nicht. Sie saß daneben, wie er ein Bier nach dem andern trank. Es kamen bereits die ersten Gäste zum Abendessen, als Karl endlich entschloss, nach Hause zu gehen. Nur widerwillig hakte er sich bei seiner Frau unter und ließ sich beim Verlassen des Lokals von zahlreichen Männern, die er eingeladen hatte, auf die Schulter klopfen.

Walburga war sich bewusst, dass es noch ein langer Abend werden würde. Sie atmete tief ein. Die kalte Novemberluft durchströmte ihre Lungen und schien ihr neue Kraft zu geben. Sie waren gerade bei der Sandkirche angelangt, da fing er an. »Was fällt dir eigentlich ein! Mich wie einen ausgeschmierten Hornochsen da sitzen zu lassen. Du hast dich nicht nur gegen mich aufgelehnt, du hast mich auch noch wie den letzten Deppen präsentiert«, zischte er durch die Zähne.

»Karl, du bist betrunken«, versuchte Walburga zaghaft, ihn zu beruhigen. Das hätte sie nicht sagen dürfen. Er riss sich los und schrie noch lauter. »Ah, die Madame hat gute Ratschläge für mich und weist mich darauf hin, dass ich betrunken bin. Warum auch nicht, eine Frau, die so selbständig ist und sich nicht nach ihrem Mann zu richten brauch! Pfui Teufel!« Er spuckte auf den Boden.

Es versetzte Walburga einen tiefen Stich ins Herz. So hatte sie ihn noch nie reden hören. Der erste Heimaturlaub nach drei Monaten und dann so etwas! Den gesamten Weg bis nach Schweinheim sprachen sie kein Wort mehr. Auch nicht, als Karl von den warmen Wogen des Alkohols getragen, in den Straßengraben stolperte und seine Frau alle Kräfte brauchte, um ihn wieder hochzuziehen. Über eine Stunde brauchten sie für den Weg und schwiegen sich an. Zu den Eltern konnten sie nun nicht gehen, was würden die nur denken? Also gingen sie zu ihrer gemeinsamen, kaum eingerichteten Wohnung. Längst war es wieder dunkel geworden und obwohl sie im Gegensatz zu den Eltern elektrisches Licht hatten, verspürte Walburga kein Verlangen nach Helligkeit.

Sie weinte nicht. Sie wusste nicht einmal, ob sie das Bedürfnis hatte zu weinen, wenn sie überhaupt gekonnt hätte. Alles was sie verspürte, war eine unendliche innere Leere. Viertel vor zehn war es – sie musste wohl eingenickt sein. Sie schaute hinüber zu Karl der in der einzigen Sitzmöglichkeit, einem ausgedienten Sessel, fest eingeschlafen war. Er rührte sich nicht. Leise erhob sie sich von der harten und knarrenden Matratze, zündete ein Streichholz an und sah in den Spiegel, der eigentlich nur eine große Scherbe eines ursprünglichen Spiegels war. Im flackernden Schein des Streichholzes betrachtete sie sich. Sie strich sich über die Wange. Nein, man sah nichts davon, Gott sei Dank. Sie hätte auch nicht gewusst, was sie den Eltern sagen sollte, wenn man etwas gesehen hätte. So war wenigstens äußerlich alles in Ordnung. Aber im Inneren, ja im Inneren…
Ein Scherbenhaufen.
Was sollte sie jetzt nur tun? Würde es noch häufiger vorkommen? Aber wie konnte ein so herzensguter Mensch wie ihr Karl überhaupt zu so etwas fähig sein?
Es blieb ihr nichts anderes übrig – sie würde über eine Patentlösung für solche Situationen nachdenken müssen. Sie fand sie und machte fortan Gebrauch davon: Ertragen und Schweigen.

Ausgelöscht

1940/41

Wir sind an einem Zeitpunkt des Lebens von Walburga Kerz angelangt, an dem sich Ereignisse überschlugen, die sicherlich eine unermessliche Bedeutung für ihr weiteres Leben hatten. Dennoch ist es mir nicht möglich, viel darüber zu schreiben. Warum? Zu tief saß der Schmerz und längst hatte sie die Erinnerungen an jene Monate weit von sich weggeschoben, dass sie nicht darüber sprechen konnte, oder wollte. Nie wurde darüber ein Wort verloren und selbst in der Familie wussten nur wenige von diesem Schicksalsschlag, der sich in der ersten Februarwoche des Jahres 1941 vollzog.

Es wäre nicht richtig, das wenige Wissen, das ich darüber habe, auszuschmücken, und jener Zeit ein »reguläres« Kapitel zu widmen. Und so lassen wir die damals 26jährige selbst zu Wort kommen. Mit Briefen an ihren Mann Karl, der zu dieser Zeit gerade in Hinterstein im Allgäu stationiert war. Zahlreiche Briefe aus dieser Zeit tauchten erst nach ihrem Tod auf. Auf Grund dessen, dass sie wie ein kleiner Schatz von ihr verwahrt und versteckt worden waren, kann man davon ausgehen, dass kein Dritter diese Briefe je zuvor gelesen hat.

Schweinheim, am 29.12.1940

Mein lieber, guter Karl!

Wenn ich auch noch keine Post von dir erhalten habe, so will ich es nicht versäumen, dir im alten Jahr noch ein liebes Brieflein zu schreiben! Vor allem, wie bist du wieder nach Hinterstein gekommen? Hattest du in Aschaffenburg sofort Anschluss? Ich wäre ja gerne mit dir an die Bahn gegangen, aber Herzele, ich denke nicht, dass du es mir in meinem jetzigen Umstand für übel genommen hast. Als du die Treppe hinunter gingst, hätte ich bitterlich weinen können. Aber ich habe mich fest zusammengerissen. Schon deshalb, weil ich nicht allein in der Küche war. Ich habe mich dann noch mal ins Bett gelegt und nachgedacht, wie schön es doch wäre, wenn du nie mehr von mir Abschied nehmen müsstest. Wann wird uns dieser glückliche Tag beschieden sein?!

Heute Nacht habe ich etwas Schönes geträumt. Lieb, dein Herzenswunsch wurde wahr. Ich war im Krankenhaus und wir haben einen Sohn bekommen. Stell dir einmal vor, Karl, wenn ich es dir in Wirklichkeit mitteile, ich freue mich ja schon so sehr darauf, hoffentlich geht alles gut vorbei. Wenn die Hebamme bei mir war, werde ich dir gleich schreiben. Ich lasse mir von ihr alles sagen, was ich noch brauche und in den nächsten Wochen werde ich alles erledigen, dass ich, wenn es Zeit wird, alles beisammen habe. Nun habe ich eigentlich nur noch einen Wunsch. Und zwar, dass du in meiner schweren Stunde bei mir sein kannst. Herzele, es wäre für mich furchtbar, wenn mein allerliebstes weit fort von mir in Feindesland stehen würde. Daran, dass dies Wahrheit werden könnte, darf ich nicht denken. Wollen wir beide das allerbeste hoffen und wünschen, dass alles ein gutes, glückliches Ende nimmt.

Hast du meinen Brief vom ersten Feiertagabend erhalten? Wir waren allein zu Hause und spielten»Mensch, ärgere dich nicht«. Ich dachte dabei an manchen schönen und auch unschönen Abend in Hinterstein, wenn wir manchmal so oft verloren haben. Sicher hattest du gestern recht viel zu tun beim Entlassen der Männer. Aber heute wirst du wieder recht viel freie Zeit haben, nicht wahr? Wie schön könnte es jetzt sein, wenn du die freie Zeit bei mir verbringen könntest. Ich habe eine kleine Handarbeit angefangen, ein schönes Kinderjäckchen zum Häkeln. Heute Mittag ist dieses meine Sonntagsfreude.

Und nun, mein lieber, guter Karl, wünsche ich dir zum neuen Jahr alles von Herzen Gute. Wenn ich auch nicht bei dir sein kann, was mich schmerzt, so fange es recht gut an – in Gedanken bei mir. Ich werde ganz besonders an dich denken.

Nun schließe ich und verbleibe mit den innigsten Grüßen und Küssen, deine dich innigliebende, gute, treue

Walburga.

Endlich also war der Wunsch der Beiden in Erfüllung gegangen und Walburga erwartete ein Kind. Nur wenige Briefe von Karl erreichten in der Zeit um den Jahreswechsel 1940/41 die schwangere Walburga. Dennoch, die Freude der beiden war ungebrochen. Walburga hingegen hielt Karl regelmäßig und in kurzen Abständen auf dem Laufenden, so wie in diesem Brief:

Schweinheim, den 7. Januar 1941

Mein lieber, guter Karl!

Deinen lieben Brief habe ich heute wieder mit großer Freude erhalten. So stark wie meine Sehnsucht nach deinen Briefen ist, kann ich dir nicht sagen. Beim Lesen überfällt mich immer eine unsagbare Sehnsucht und die Tränen in meinen Augen lassen sich nicht vermeiden. Es ist halt jetzt die Zeit, wo du bei mir sein müsstest. Soeben, Herzele, war die Hebamme bei mir. Mutter traf sie heute morgen und sagte ihr noch mal, dass sie zu mir kommen soll. Nun bin ich froh, dass ich einmal mit Frau Kullmann gesprochen habe. Sie fragte mich, wie es mir geht, ob ich Beschwerden oder Schmerzen habe und ich sagte, dass es mir bis jetzt immer noch gut gewesen wäre. Sie sagt, dass ich eine gute Lage hätte und es bräuchte mir nicht Angst davor zu sein. Den Zuweisungstermin ins Krankenhaus muss ich zu Dr. Becker bringen, dann ist soweit alles in Ordnung. Nun frage ich mich, welche Klasse ich benutzen soll. Frau Kullmann ist es gleich, sagt sie. Der Unterschied in der ersten Klasse ist dieser: Die Entbindung ist im Krankenhaus und man liegt allein, oder vielleicht zu zweit. In der ersten Klasse dürfen du und meine Angehörigen jeden Tag zu jeder Stunde zu mir, der Preis beträgt, wenn man keinen Arzt braucht, 115 – 120 Reichsmark. Außerdem würde mir die Hebamme die erste Klasse sehr empfehlen. Der Unterschied in der dritten Klasse: Die Entbindung erfolgt nicht im Krankenhaus, sondern im Seminar in der Pfaffengasse in Aschaffenburg. Hier liegt man mit mehreren Frauen zusammen und bei der Entbindung wäre man selten allein, weil es an Räumen fehle. Besuchszeit ist nur am Mittwoch und Freitag von zwei bis vier Uhr, der Preis beträgt 75 Reichsmark, ohne Arzt, sofern man keinen braucht. Herzele, was meinst du nun dazu? Ich dachte mir, dass doch erste Klasse das beste wäre. Erstens hast du es nicht so weit und zweitens darfst du jeden Tag kommen und solange bei mir bleiben, wie du willst. Auch für meine Mutter wäre es sehr gut, denn sie würde mich ja auch häufig besuchen wollen. Nun schreibe mir bitte, wie ich handeln soll, ich möchte nicht ohne deine Einwilligung erste Klasse gehen. Zweite Klasse gibt es übrigens nicht.

Die Hebamme fragte mich nach meiner letzten Regel und ich sagte ihr, dass das am ersten Mai gewesen war. Sie rechnete aus und es dürfte am 6.-7. Februar der große Tag sein, also noch vier Wochen. Wie schnell sind die vier Wochen herum, Herzele! Ich freue mich so sehr, hoffentlich geht alles gut vorüber. Mutter und ich haben jetzt noch verschiedene Arbeiten. Am Dienstag war ich mit ihr und Anna in der Stadt und habe 100 Reichsmark abgeholt, um das Fehlende für unser Kind einzukaufen. Anschließend machten wir in der Bavaria ein Schöppchen und aßen Hausmacher Leberwurst dazu. Anna bezahlte die Rechnung, sie hat es ja bei den Postboten! Seit gestern Abend trinke ich vor dem Schlafengehen ein Gläschen Apfelwein, ich habe mir eine Flasche mitbringen lassen. Mutter sagt, ich müsste mir unbedingt etwas zusetzen, sonst käme ich ganz von Kräften. Für heute möchte ich schließen und dich herzlich grüßen, deine dich innigliebende

Walburga.

P.S.: Schreibe mir bitte wieder recht bald, Herzele!

Es ist der letzte Brief vor ihrer Entbindung, der noch vorhanden ist. Erst vom Mai des Jahres 1941 liegen mir wieder zahlreiche Briefe des regen Schriftverkehrs zwischen meinen Großeltern vor. Was war passiert? Nur wenige Fakten sind gesichert. Karl hatte nicht zur Entbindung kommen können, er hatte keinen Heimaturlaub bekommen. Und Walburga? Trotz ihrer Hoffnungen ging sie in die »dritte Klasse« zur Entbindung. Warum, das lässt sich kaum noch klären. Hat das Geld nicht gereicht, oder war Karl der Ansicht, dass die dritte Klasse nicht minder gut sei als die erste? Alles Spekulationen.

Walburga ging jedenfalls am Tag des errechneten Geburtstermins in das Seminar, jene Entbindungsstation außerhalb des Krankenhauses. Entsprechende Versorgungsscheine hatte sie von Karl bekommen, die dieser in seiner Funktion als Unterfeldmeister für seine Frau erhalten und ihr zugesandt hatte.

Am sechsten Februar setzten am späten Abend die Wehen ein und Walburga stand kurz vor der Niederkunft. Doch als die Hebamme den leblosen Körper des kleinen Mädchens im Arm hielt, muss in Walburga etwas zerbrochen sein, das ganz tiefe, wenn auch später gut versteckte, Narben hinterließ.

Endlich das große Glück

1942

Walburga ging im Mai für einige Zeit nach Rosenheim, wo Karl mittlerweile stationiert war. Im Arbeitslager selbst konnte sie selbstverständlich nicht bleiben und so suchte sie sich Arbeit auf einem landwirtschaftlichen Anwesen. Als Entlohnung für die Arbeit erhielt sie Kost und Logis und konnte ihrem Karl so wenigstens nahe sein.

Als sie im September 1941 nach Schweinheim zurückkehrte, war es bereits sicher: Sie war erneut schwanger. Weniger euphorisch, aber genauso liebevoll bereitete sie sich auf die bevorstehende Geburt vor. Karl konnte auch diesmal nur wenig für sie tun, denn auf Grund ständig neu auszubildenden Arbeitsmännern, war es ihm nicht möglich, in den nächsten Monaten auf Heimaturlaub zu kommen.

Diesmal zog Walburga keine Hebamme zur Rate und auch Einweisungsscheine für das Krankenhaus wollte sie von Karl nicht zugeschickt bekommen. Wenige Tage vor dem errechneten Geburtstermin besuchte Karls Vater seine hochschwangere Schwiegertochter. Walburga war gerade mit dem Nähen des Taufkleidchens fertig geworden, als Anton Staudt den Schwiegervater in die Stube brachte.

»Na, Mad, wie geht's dir und meinem Enkelkind?«, fragte der alte Mann und lächelte müde aus dem von schwerer Arbeit gezeichneten Gesicht.

»Gut geht's uns beiden, sogar sehr gut. Ich bin mir sicher, dass die beiden Großväter schon bald sehr stolz sein können. Schaut mal her, das Taufkleidchen ist endlich fertig.«Anton Staudt strahlte über das ganze Gesicht.»Wunderschön, Wally, wunderschön. Das wird was werden. Das Kind wird der hübscheste Täufling weit und breit.« Karls Vater strich mit seinen großen schwieligen Händen über den weißen Stoff.»Ach, Walburga, wenn das Kind doch nur schon drin' stecken würde, das wäre mir lieber!«

Doch am 14. April 1942, die Mutter und Großmutter waren Walburga beigestanden, war klar, dass es eine gute Entscheidung gewesen war, zu Hause zu entbinden. Ein bisschen schwächlich war er, der kleine Junge, der auf den Namen Herbert Ludwig getauft wurde, aber das würde man schon hinbekommen. Man bekam es hin. Die Ziegenmilch ließ das Baby kräftiger werden und schon bald war Herbert alles andere als schwächlich. Nun war Walburga fast nur noch bei den Eltern und kaum in ihrer eigenen Wohnung. So beschloss sie, die Wohnung zu kündigen und wieder aufzulösen. Was war auch schon dabei? So konnte sie viel Geld sparen und außerdem war sie bei den Eltern ja gut versorgt. Sobald der Krieg endlich vorbei sein würde, könnte sie sich mit Karl ja nach einer neuen Wohnung umschauen, da würde sich schon etwas finden. Außerdem sollte Karl ja auch bald den Hof seiner Eltern übernehmen, vielleicht wäre es also gar nicht mehr nötig, nach einer Wohnung Ausschau halten zu müssen. Endlich würde auch Karl seinen Stammhalter zu Gesicht bekommen können, sei es auch wieder nur für ein Wochenende.

Wie eine Beerdigung

1944

Weil ich wusste, dass Oma gerne Malzbier trinkt, hatte ich schnell zwei Flaschen besorgt und mich in den Bus gesetzt. Die brütende Hitze machte einem zu schaffen und am liebsten hätte ich eine der beiden Flaschen während der Busfahrt selbst getrunken.

»Nächster Halt, Altenheim Rosendorf« wies mich die Durchsage darauf hin, dass ich aussteigen musste. Ich hatte in der Nacht zuvor von meiner Oma geträumt und das Bedürfnis, sie heute zu besuchen.

Ich klopfte an ihrer Zimmertür – keine Antwort. Dann öffnete ich die Tür leise und schaute hinein. Das Bett war gemacht, sie war nicht da. Dann schaute ich im Aufenthaltsraum nach, aber auch da war sie nicht. Schließlich traf ich eine der Schwestern auf dem Flur und fragte sie:»Entschuldigung, können Sie mir sagen wo meine Oma ist?«

»Hat man das Ihnen denn nicht gesagt?«, fragte sie verwundert.»Ihre Oma ist am Wochenende hingefallen und hat sich das Handgelenk gebrochen. Sie ist im Krankenhaus.« Mir war nicht Bescheid gegeben worden. Aber ich war ja auch»nur« der Enkel.

Immer noch die Malzbierflaschen unter dem Arm, rannte ich wieder zum Bus und fuhr in Richtung Krankenhaus. Der Dame am Empfang nannte ich den Namen und das Geburtsdatum meiner Oma, dann wurde mir die Zimmernummer mitgeteilt.

Meine Oma lag im Bett und starrte an die Decke. Ihr rechter Arm war bandagiert und sie hing am Tropf. Der erste Anblick war erschreckend, sie schien erneut um Jahre gealtert.

Ich musste ihr einige Male erklären wer ich bin, bis sie sich über meinen Besuch freuen konnte. Auf dem Nachttisch stand noch das nicht abgeräumte Mittagessen, von dem sie scheinbar nichts angerührt hatte. Ich war noch nicht lange da, da kam auch schon das Abendessen. Abgesehen davon, dass sie alleine ohnehin kaum essen konnte, hatte man ihr nicht einmal ihr Gebiss gegeben. Das war schon alles ziemlich entwürdigend. Ich schenkte ihr von dem mitgebrachten Malzbier ein und fütterte sie. Nach dem Essen begann sie langsam, wenn auch nur mit flüsternder Stimme, zu sprechen.

«Du, ich mache mir solche Vorwürfe.«

«Vorwürfe? Es gibt nichts, für das du dir Vorwürfe machen müsstest«, beruhigte ich sie.

»Doch, doch. Ich war nicht da. Ich war nicht da. Ich hätte da sein müssen.«

Ich strich ihr durchs Haar und musste daran denken, wie sie das früher bei mir getan hatte. Heute war es umgedreht, sie war das Kind, auf das man aufpassen musste.

Es war Karls großer Herzenswunsch gewesen, endlich einen Stammhalter zu haben. Vom Augenblick, in dem er ihn das erste Mal in seinen Armen hielt, war er überglücklich. Der Krieg griff nun immer weiter um sich und es machte ihm zu schaffen, seine Frau und seinen Sohn nur so selten sehen zu können. Bei einem seiner wenigen Besuche fasste Karl den Entschluss, Frau und Kind von Aschaffenburg fortzubringen. Es war mittlerweile einfach zu gefährlich geworden. Als er dann für zwei Tage Kurzurlaub in Schweinheim war, entschloss er spontan, sie nun nicht dort zurücklassen zu können. Innerhalb kürzester Zeit organisierte er ein Auto und fuhr mit Walburga und dem kleinen Herbert nach Bischofsheim, einem kleinen Ort in der Rhön, wo man von den Bombenangriffen zwar nicht verschont, aber zumindest ein wenig sicherer war.

Im Wagen wäre auch genügend Platz für die Eltern und Walburgas jüngste Schwester gewesen, doch die weigerten sich, ihr Haus allein zurückzulassen.

Schweren Herzens fuhr Walburga weg. Die Eltern standen mit Tochter Fina im Hof und winkten hinterher.

Die folgenden Tage konnte man alles in allem einem geregelten Tagesablauf nachgehen. Es war der bitterkalte Winter des Jahres 1944.

An einem Freitagabend saßen die Staudts gerade in der Küche

um den warmen Ofen, als der Fliegeralarm kam. Die Eltern hatten nur eine kleine Ledertasche mit dem allernötigsten gepackt. Diese schulterte der Vater und forderte Frau und Tochter auf, ihm zu folgen. Einer der Nachbarn hatte neben seinem Haus einen tiefen Weinkeller mit dicken Steinwänden, der nun als Bunker genutzt wurde. Onkel Johann war auch mit der Familie gekommen, genauso wie weitere Nachbarn und Bekannte. Gemeinsam wartete man, bis der Luftangriff vorüber war. So nahe wie an diesem Abend, hatte man die Bomben noch nicht fallen hören. Erst zischte es ohrenbetäubend bis man ringsherum die Einschläge nieder gehen hörte. So ging es die gesamte Nacht. Die Männer hielten abwechselnd Wache. Anton konnte ohnehin nicht schlafen, viel zu besorgt war er um das Heim der Familie. Im Geiste zog an ihm vorbei, was im Haus schon alles gewesen war. Er war da geboren und aufgewachsen, seine Eltern waren dort gestorben und seine Kinder geboren.

Als am nächsten Morgen alles vorüber war, waren die Eltern vor Erschöpfung eingeschlafen. Die 19jährige Fina ging nach draußen. Es war zwar sehr kalt, aber ein herrlicher und klarer Wintertag. Schnell lief sie in Richtung des Elternhauses. Die Ergebnisse der Zerstörung waren nicht zu übersehen, überall rauchte und qualmte es.

Als sie nur noch wenige Meter entfernt war, stoppte sie der Schweinheimer Polizist.

«Stopp, Madl. Du brauchst gar nicht weitergehen.»

Fina wagte nicht, nachzufragen.

«Ich sag dir jetzt was. Ein Elternhaus hast du nicht mehr, aber sei froh, dass du noch deine Eltern hast. Letzte Nacht haben viele Kinder ihre Eltern verloren».

Mittlerweile kamen die Eltern dazu und sahen das Ausmaß der Zerstörung. Das Haus, alles was sie besaßen, war ein einziger Schutthaufen. Anton klappte wie ein Häufchen Elend vor den noch dampfenden Ruinen zusammen und weinte.

Er war nahezu 60 Jahre alt, sein gesamtes Leben hatte bis jetzt nur aus Arbeit und Aufopferung bestanden und nun besaß seine Familie nicht einmal mehr ein Zuhause. Onkel Johann war hinzu gekommen und auch er weinte. An seinem Haus war zwar nur wenig Schaden angerichtet worden, doch war es auch sein Elternhaus gewesen, das zerstört worden war.

Er klopfte seinem Bruder auf die Schulter:»Komm, Anton, hier gibt's nix mehr, was wir tun könnten. Ihr kommt erst mal zu uns, gar keine Frage.«

Der Vater nickte nur, stand dann auf und fragte den Onkel:»Johann, hast du eine Schippe für mich?«

«Anton, schon, aber was willst du denn dam…« er kam nicht weiter.

«Sag mir nicht, was ich zu tun habe, gib' mir in Gottes Namen eine Schaufel.«

Diesen Tonfall war er von seinem Bruder überhaupt nicht gewohnt, aber in Anbetracht der Ereignisse verwunderte es ihn nicht. Onkel Johann nickte nur. Als er mit der Schaufel zurückkam, begann der Vater zu graben. Ohne eine Miene zu verziehen, stundenlang. Erst am späten Abend hörte er auf. Alles was er finden konnte, war das verkohlte Hochzeitsbild und einen Jesus Christus Corpus aus Porzellan, der einmal an einem Holzkreuz befestigt war und stets in der Wohnstube über der Tür hing. Das Kreuz war zerstört worden, doch der weiße Porzellan Corpus war wie durch ein Wunder unversehrt.

Gegen Abend begann ein dichter Schneefall. Zu Beginn wirkte es gerade so, als habe man Puderzucker über das Dorf gestreut, dann wurde das Schneetreiben dichter. Der Vater ging mit Tochter Fina erneut zu dem Ort, wo einmal das Haus gestanden hatte. Das wilde Schneegestöber löschte auch die letzte Glut aus. Mehr und mehr Schnee legte sich über die Ruinen und bedeckte bald alles. Als die beiden wieder Richtung Bunker gingen, sagte der Vater:»Mit dem Schnee sieht das aus, als würde man unser Haus beerdigen.«

Ich glaub', er kommt nicht wieder

1945

Wieder besuchte ich Oma im Krankenhaus. Bisher wusste man nicht, wie lange sie noch dort wird bleiben müssen. Doch als der Chefarzt nach der Visite sagte:»So, heute dürfen Sie nach Hause!«, strahlte meine Oma über das gesamte Gesicht.
»Hast du gehört, nach Hause darf ich!«, sagte sie freudig in meine Richtung. Ihre überschwängliche Freude zeigte mir, dass sie nicht ihr Zimmer im Altenheim meinte.

Eine eigene Wohnung zu finden, hatte sich als unmögliches Unterfangen herausgestellt und so war Walburga heilfroh, im katholischen Pfarramt Unterschlupf zu finden.
In der Rhön einigermaßen in Sicherheit, hoffte sie täglich auf ein Lebenszeichen ihrer Familie. Doch auf Grund des lahmgelegten Postverkehrs war es nahezu ausgeschlossen, dass auch nur ein Brief seinen Empfänger erreicht hätte. Für einen Besuch war nicht nur die Entfernung zu groß, sondern war es vor allem zu gefährlich. Nach wie vor tobte der nun überall zu sein scheinende Krieg. Der Glaube an den Endsieg war bei vielen Menschen schon längst erloschen.
Während sich Walburga, gut einhundert Kilometer von der Heimat entfernt, große Sorgen machte, bemühte man sich in Schweinheim – sofern das möglich war – zum Alltag zurückzukehren. Die Eltern wohnten mittlerweile nicht mehr bei Onkel Johann, sondern bekamen im nahegelegenen Brauereigebäude, dessen Besitzer gefallen war, eine Wohnung. Freilich hatte man

keine Möbel und war alles nur ein Behelf, doch wenigstens hatte man ein Dach über dem Kopf.

Immer noch kamen die Luftangriffe in regelmäßigen Abständen und jedes Mal hörte man, dass dieses und jenes Anwesen zerstört und die Familie so und so komplett ausgelöscht worden war.

Am Gründonnerstag des Jahres 1945 stand Anton am Fenster der Notwohnung mit den nicht mehr vorhandenen Glasscheiben und schüttelte den Kopf.

«Anna, Anna, was soll nur werden. Es ist alles dahin. Alles.«

»Anton, die Wally ist gut versorgt. Wenn das hier alles vorbei ist, nehmen sie und der Karl uns zu sich.«

Anton Staudt antwortete nicht. Überhaupt sprach er seit dem tragischen Ereignis nicht mehr viel. Auch sein Singen der vielen melodischen Lieder mit einer Stimme, die er unter anderen gesellschaftlichen Umständen möglicherweise zum Broterwerb hätte einsetzen können, ertönte nicht mehr. Als am Nachmittag ein erneuter Luftangriff auf Schweinheim kam und seine Frau Anna bereits mit Fina in der Tür, bereit zum Aufbruch in den Bunker, stand, wollte er nicht mitkommen.

»Papa! Bitte komm schnell!«, flehte die Tochter. Erst da blickte er auf, erhob sich wortlos und folgte seiner Familie in den nassen und modrigen, aber sicheren Keller.

Offensichtlich hatte Anna mit Onkel Johann über das Verhalten von Anton gesprochen, denn Fina hörte, wie der Onkel dem Vater etwas zu flüsterte.

«Sag mal, Anton. Mutig bist' schon immer gewesen, aber doch nicht töricht. Wenn die Bomben fallen, müsst ihr so schnell wie möglich hier rüber kommen. Und mit ihr meine ich auch dich.«

Der Vater atmete tief durch, antwortete aber nicht.

Wider Erwarten war der Bombenangriff recht schnell vorüber und als Entwarnung kam, rieb sich der Vater – er war gerade eingenickt gewesen – die Augen und blickte auf die Uhr. Es war kurz nach sechs.

Ein paar Männer aus dem Dorf wollten nun schauen, in welchem Umfang Schaden angerichtet worden war und fragten, wer alles mit nach draußen käme. Onkel Johann meldete sich als einer der ersten. Verwundert blickte er sich um, als er eine Hand auf seiner Schulter spürte. Es war Anton.

«Ich komme mit.« Onkel Johann klopfte ihm auf die Schulter.

»Ist recht, Anton.«

»Passt's auf euch auf!«, riefen die Frauen hinterher, als die Männer die schwere Stahltür hinter sich schlossen.

Die Straßen waren wie ausgestorben. Die sieben Männer, alles Freunde und Nachbarn, waren die ersten, die nach dem Fliegeralarm nach draußen gingen. Wäre nicht klar gewesen, in welchen gefährlichen Zeiten man lebte, man hätte sich über den nahenden Frühling freuen können. Zwar war es noch recht kalt, aber der Frühlingsduft lag nahezu in der Luft. Das kleine Dörfchen wirkte gespenstisch, wie ausgestorben, ja, wie eine Geisterstadt.

»Die haben nicht viel Schaden gemacht, diesmal«, knurrte der Kempfbauer.

»Ja, scheint so.«, gab ihm der Schuster Ferdinand Recht.

Als Onkel Johann gerade ansetzen wollte, zu sagen, man solle nun umkehren, waren aus nicht allzu weiter Ferne einige, für die Männer unverständliche, Schreie zu vernehmen. Es waren amerikanische Soldaten, die auf einer Anhöhe verschanzt waren. Während die Männer losrannten, hörte man Rufe wie »Nazi« und das Gewehrfeuer wurde eröffnet.

Hastig öffneten die Frauen die Bunkertür. Drei der Männer drängten nach drinnen.

Vier fehlten noch. Die Frauen sprachen durcheinander auf die außer Atem gekommenen Männer ein, was denn passiert sei.

Anna Staudt beteiligte sich nicht daran, sie wies ihre jüngste Tochter nur an, ein Stoßgebet für den Vater zum Himmel zu schicken.

Fina, gerade ins dritte Vater Unser vertieft, schaute erwartungsvoll zur Tür. Die nächsten beiden Männer waren gekommen. Nun fehlten nur noch Onkel Johann und der Vater. Anna nahm die Hand ihrer Tochter. »Mad, ich glaub' er kommt nicht wieder.« Um den Gedanken keine Kreise ziehen zu lassen, vertiefte sich Fina mehr und mehr ins Gebet und sprach laut vor sich hin. »Vater unser, der du bist im Himmel…« Einige Frauen stimmten nun mit ein. Schließlich, es mögen weitere unheimlich lange fünf Minuten vergangen gewesen sein, hörte man wieder das Klopfzeichen an der Bunkertür.

Im Unklaren, ob es ein Grund zum Aufatmen war oder nicht, öffnete eine der Frauen.

Anna saß mit ihrer Tochter in der hintersten Ecke des Bunkers. Beide hatten den Blick gegen Boden gerichtet, sie wagten nicht, zur Tür zu schauen.

Es bedurfte keiner Worte, als sich Onkel Johann zitternd wie Espenlaub von innen an die schwere Tür lehnte. Er hatte die Augen geschlossen und wie in Sturzbächen rannen dem Bären von einem Mann die Tränen über die Wangen.

Völlig emotionslos und auch ohne die Stimme anzuheben, sagte die Mutter: »Ich hab's gewusst. Ich wusste es.« Die neunzehnjährige Fina klammerte sich an Onkel Johann, vergrub sich unter seiner Jacke und weinte bitterlich.

»Ja, mein Kind. Ist gut so. Wein dich nur aus, behalt' die Tränen nicht drin'.«

Später wurde folgendes erzählt: Nachdem die Männer begriffen hatten, dass auf sie geschossen wird, nahmen sie die Beine in die Hand und rannten um ihr Leben. Scheinbar nie enden wollend flogen die Gewehrkugeln der amerikanischen Schützen in ihre Richtung. Anton war als letzter losgerannt und mehrere der vielen Kugeln durchschlugen ihn von hinten, sodass er augenblicklich zusammenbrach. Onkel Johann hatte inne gehalten und seinen Bruder sterben sehen, musste aber einsehen, dass er ihm nicht helfen konnte. Um nicht auch Opfer der Schützen zu werden, war er gezwungen, ebenfalls in Richtung Bunker zu rennen.

Nun stellte die Zerstörung des Hauses keinen Verlust mehr dar. Der Vater, dessen heiteres, fröhliches und trotz karger Schulbildung kluges Wesen stets den Mittelpunkt der Familie gebildet hatte, war auf einmal nicht mehr da. Während Fina noch alle Tränen vergoss, die sich in ihr befanden, konnte die Mutter nicht weinen. Sie schluckte die Trauer hinunter, ermahnte sich selbst stark zu sein und alterte in den folgenden Wochen sichtlich um Jahre.

Am nächsten Morgen waren auch die amerikanischen Heckenschützen aus Schweinheim abgezogen. Gemeinsam mit Tochter Fina und Schwager Johann machte sich die nun verwitwete Anna auf, um ihren Anton begraben zu können. Doch obwohl alle Männer einstimmig berichtet hatten, dass es ihn direkt vor der Notwohnung, also in der Aschaffenburgerstraße erwischt hatte, fanden sie ihn auf der gegenüberliegenden Straßenseite an der kleinen Muttergotteskapelle am Wegrand. Als die Familie näher kam, nahm Onkel Johann seine Nichte Fina zur Seite:»Wart'st hier, Madl. Des musst net seh'n.«

Er löste die verkrampfte linke Hand des Toten, die das Kruzifix umklammerte und erschrak selbst, als er den durch Mark und Bein gehenden Blick sah, der auf den Heiland gerichtet war.

Notdürftig zimmerte Onkel Johann einen Sarg aus alten Brettern und die Frauen zogen dem Toten die Kleider aus, wuschen ihn und nahmen seine Uhr an sich, deren Glas zersprungen war.

Auf Grund der wiederkehrenden Bombenangriffe war es erst vierzehn Tage später möglich, Anton Staudt zu beerdigen. Freilich ohne Pfarrer, denn der war in den letzten Kriegswirren nicht bereit, sich der Gefahr auszusetzen, eine Grabpredigt zu halten. Und so fuhr die Trauergemeinde den Toten, im Sarg aus ausgedienten Brettern, auf einem Leiterwagen zum Friedhof.

Kurz nach seinem Tode hatte Anna mit dem letzten Geld eine Anzeige bei der»Aschaffenburger Zeitung« in Auftrag geben wollen. Doch Maschinen standen still; derzeit wurde nicht gedruckt.

Sie fand aber jemanden, der ihr, weil ihr es eine Herzensangelegenheit war, Sterbebilder ihres Mannes druckte. Und so war dann neben der Abbildung eines kürzlich gemachten Passfotos von Anton Staudt zu lesen:

Am 18. April 1885 zu Schweinheim geboren,
als Getaufter hineingestellt in die Herrlichkeit des Dreifaltigen
Gottes,
gab mein lieber Mann, unser treubesorgter Vater,
Anton Staudt,
am Gründonnerstag, den 29. März 1945, sein Leben im Kampf um
Aschaffenburg-Schweinheim seinem Schöpfer zurück.

Himmlischer Vater,
großer Gott unseres kleinen Lebens,
du hattest ihn uns zur Seite gegeben,
damit er im schlichten Familienkreis, pflichtbewusst und treu den
Alltag meistere,
als ganzer Mensch, als ganzer Christ.

Ein frohes Singen und heiteres Wesen waren immer über seinem
Schaffen,
wie Menschen tun, die sich dir verbunden wissen
und alle Ereignisse als Geschenk deiner Liebe betrachten.

Nun hast du ihn zurückgerufen,
an jenem Tag, da dein göttlicher Sohn in dunkler Ölbergstunde
sein dreimaliges Fiat sprach, sein: Ja, guter Vater, dein Wille soll an
mir geschehen.

Walburga las die Zeilen wieder und wieder. Noch immer konnte sie es nicht fassen. In ihrer Notunterkunft in einer Wohnung eines Pfarrers in Bischofsheim hatte sie an diesem Aprilmorgen unerwarteten Besuch bekommen. Zwei der Cousinen waren den ganzen weiten Weg mit dem Fahrrad gekommen, um ihr mitzuteilen, dass ihr Vater, nicht mehr am Leben war und auch das Elternhaus zerstört sei. Fassungslos sank sie auf einen Melkschemel, der auf Grund Ermangelung von Mobiliar als Stuhl diente. Vor ihren Augen verschwamm alles. Die Cousinen, die auf sie einredeten, die Zeilen der Sterbeanzeige ihres Vaters, die Erinnerungen an ihre harte, aber auch glückliche Kindheit. Es war ihr heiß und kalt zugleich, ihr war nach Weinen zu Mute, doch sie konnte nicht. Sie konnte keinen klaren Gedanken fassen und ihr Kopf drohte vor Verwirrung der Gefühle zu zerspringen. Immer wieder kamen ihr die Worte ihres Vaters in den Sinn, die er ihr am Tag ihrer Hochzeit gesagt hatte.

«Du wirst es einmal besser haben als wir« – und –»Ich bin stolz auf dich.«

Nun sollte er, der Held ihrer Kindheit, der er stets geblieben war, wenn er auch nicht unfehlbar war, nicht mehr sein.

Der Herr Pfarrer kam hinzu und bekam mit, was passiert war. Eine junge Ehefrau und Mutter, weg von zu Hause, der Mann irgendwo stationiert, das Elternhaus zerbombt, der Vater erschossen. Als er Walburga an sich drückte um Trost zu spenden, spürte diese die Umarmung ihres Vaters und konnte endlich beginnen zu weinen.

Es dauerte lange Monate, wenn nicht sogar Jahre, bis sie jene schrecklichen Ereignisse verarbeiten konnte.

So war das Tausendjährige Reich also vorübergegangen und kaum jemand wollte sich noch daran erinnern, dass es jene Jahre überhaupt gegeben hatte. Doch Walburga konnte nicht vergessen. Viel zu tief saßen die schmerzlichen Erinnerungen, die ihr Leben während des Zweiten Weltkriegs überschattet hatten.

Haus, Hof und Heimat

Nachkriegsjahre

Karls älteste Schwester war nach der Heirat mit ihrem Mann bei den Eltern geblieben. Gemeinsam führte das Ehepaar nun die Gastwirtschaft »Zum Ross«, während der rund 70jährige Vater sich immer noch allein um die Landwirtschaft kümmerte. Die Mutter konnte schon jahrelang nicht mehr so recht behilflich sein, da ihr ein schweres Hüftleiden bei jeder Bewegung unerträgliche Schmerzen bereitete. Der Schwiegersohn hatte nicht wirklich Gefallen an der Landwirtschaft gefunden und sah die Arbeit im Stall und auf dem Feld auch nicht als seine an. Sein Interesse galt nur der Gastwirtschaft. So war er auch nicht zur Stelle, als der alte Karl Kerz den Wagen anspannen wollte, um einige Erledigungen zu machen. Es kostete ihn alle Anstrengung, dem großen Pferd Herr zu werden.

»Herrschaftszeiten! Du elender Brauereigaul! Machst jetzt, dass du herkommst!« Er zerrte am Zaumzeug, doch das Pferd schien sich nicht von der Stelle zu bewegen. Durch die Aufruhr im Stall hatte sich das zweite Pferd irgendwie losmachen können und drängte sich dicht gegen das erste. Der alte Mann stand zwischen den Mannshohen Tieren und versuchte, Einhalt zu gebeten. Doch die Situation wurde bedrohlicher, beide Tiere immer nervöser. Es war in dem engen Stall nun viel zu gefährlich, er musste nach draußen gehen. Die beiden Pferde von sich wegschiebend, rüttelte er am Stalltor.

«Heilige Mutter Anna! Das kann doch nicht wahr sein!« Das Tor blieb verschlossen, irgendwer musste von außen den Riegel vorgeschoben haben. Je mehr er an dem Tor rüttelte, desto wilder wurden die Pferde, die sich gegenseitig aggressiv gemacht hatten. Mit einer schwerfälligen Drehung, mit der sich das eine Pferd vor einem Biss des anderen schützen wollte, katapultierte es den Bauern gegen das Stalltor, der am Boden leblos liegen blieb. Über eine Stunde später, als das Essen bereits auf dem Tisch stand, hatte sich die Bäuerin Sorgen und mühsam auf den Weg zum Stall gemacht. Jeder Schritt bedeutete für sie ungemeine Schmerzen. Doch irgendetwas stimmte nicht. Als sie das Stalltor öffnete, sah sie ihren Mann leblos am Boden liegen – die beiden Pferde standen friedlich auf ihren Plätzen.

»Heilige Maria und Josef!«, schrie die alte Bäuerin. »So helft mir doch!« Schließlich waren es Nachbarn, die angerannt kamen.

Der Bauer Kerz wurde ins Krankenhaus gebracht und anfangs war es nicht klar, ob er die Nacht überleben würde. Innere Verletzungen hatte er sich zugezogen und das linke Bein war mehrmals gebrochen.

Karl erfuhr per Post von dem schrecklichen Unfall seines Vaters. Da er gerade wieder im Berufsleben Fuß gefasst hatte, war es ihm unmöglich, bereits Urlaub zu bekommen um seinen Vater zu besuchen. So war es Walburga, die am Krankenbett ihres Schwiegervaters wachte. Den ganzen weiten Weg aus der Rhön, wo sie mit ihrer kleinen Familie mittlerweile lebte, war sie gekommen. An einem Sonntag nahm er ihre Hand. »Ich dank' dir schön, dass du mich immer besuchen kommst. Am besten wär's gewesen, wenn mich der Herrgott zu sich genommen hätte.«

So etwas konnte Walburga nicht ertragen. »Lieber Schwiegervater, bitte sprich nicht so. Du bist noch nicht an der Reihe zum Sterben. Außerdem brauchen nicht nur wir dich, sondern auch dein kleiner Enkelsohn.«

Ein kurzes Leuchten erschien in den müden Augen des alten Mannes. »Ja, der kleine Herbert. Weißt du was, Walburga? Wenn ich hier rauskomme, dann ist es an der Zeit, dass ihr zu uns kommt. Viel arbeiten werde ich wohl nicht mehr können.

Und jetzt wo der Krieg endlich vorbei ist, da braucht ihr doch auch nicht mehr so weit weg von uns allen zu sein.«

Walburga bemühte sich um ein Lächeln. »Ja, aber die Marie ist doch bei euch auf dem Hof.« Sie spielte darauf an, dass es zu Problemen kommen könnte, wenn Karl nun käme und den Hof übernehmen würde. Er schüttelte den Kopf.

«Da werden wir uns schon einig werden. Das ist schon seit ewigen Zeit klar, dass Karl den Hof bekommt. Als ältester Sohn ist er es, der in meine Fußstapfen treten soll.«

Der Genesung des Bauers schritt – wenn auch langsam – voran. Die schweren Knochenbrüche am Bein aber waren nicht mehr ganz in Ordnung gekommen, so dass er sich nun nur noch mühsam mit Hilfe eines Gehstocks fortbewegen konnte.

Da Karl aber eben nach dem Entnazifizierungsprozess Anstellung beim Staatsdienst in Schweinfurt gefunden hatte, war er mit seinem Vater übereingekommen, dass man noch ein wenig bis zum Übergeben des Hofes abwarten würde. So bewältigte der alte Kerz, so gut es ging, immer noch die Landwirtschaft. Der Tierbestand wurde reduziert und einige der Felder verkauft.

Im Februar 1951 verstarb er überraschend im Alter von 74 Jahren. Alle Kinder waren zugegen gewesen um vom Vater Abschied zu nehmen.

Ein arbeitsreiches Leben hatte ein Ende gefunden. Noch vor dem Krieg, riss sich niemand darum, den Hof zu übernehmen, der verschuldet war. Doch dann wurde das Anwesen durch das sogenannte Erbhofgesetz überraschend schuldenfrei und so mancher begann, auf einmal Interesse zu bekunden. Die Überraschung beim Notar war groß, als dieser Karl mitteilte, er stünde in der Erbfolge nicht mehr an erster Stelle. Zwar war er der älteste Sohn, nicht aber das älteste Kind. Die älteste Tochter Marie habe, weil sie auch bei den Eltern gewohnt hatte, das Anrecht auf Antreten des gesamten Erbes. Nicht nur bei Karl, sondern auch bei den anderen drei Geschwistern wuchs das Unverständnis über die Sache. Karl war zutiefst gekränkt, unternahm aber keine Anstrengungen, etwas zu unternehmen, was ihm den Hof doch noch zugesprochen hätte. Und so stand er mit Walburga, die den kleinen Herbert an der Hand hatte, am Tagesende wieder am Aschaffenburger Hauptbahnhof.

«Karl, wir schaffen es auch so, wir haben doch unsere Wohnung und sind auf nichts angewiesen. Weder von deinen Eltern, noch von sonst irgendwem.« Walburga strich ihrem Mann über den Rücken, was er kaum wahrnahm und nur bitter lachte.»Gerechtigkeit Gottes oder wie?! Da pfeif' ich drauf!« Aber der gesamte Ärger und Verdruss änderte nichts daran, sie fuhren zurück nach Lohr, wo sie in einem landwirtschaftlichen Anwesen eine Ein-Zimmer-Wohnung gefunden hatten. Vorerst war der Traum, in die Heimat Schweinheim zurückzukehren, ausgeträumt.

Auch wenn sich Walburga an diesem Tag sehr stark zeigte, so muss es ihr wohl sehr schwer gefallen sein, wieder wegzufahren. Das Erbe war ihr vollkommen egal, sie hatte nur darauf gehofft, weil es eine Möglichkeit gewesen wäre, endlich nach Hause zurückzukehren. Aber es ging nun mal nicht. Und so ließ sie erneut ihre verwitwete Mutter und ihre Geschwister, ihr soziales Umfeld in dem sie groß geworden war und in dem sie sich so wohlfühlte, gezwungenermaßen zurück.

Walburgas Mutter wohnte mit der unverheirateten Fina noch in Schweinheim. Schon lange nicht mehr in der Notwohnung in der Brauerei, denn die hatte schon bald nach Kriegsende für einen Braumeister geräumt werden müssen. Mittlerweile hatten sie in der Gutwerkstraße eine Wohnung gefunden, während das Grundstück, auf dem einmal das Haus von Generationen von Staudts gestanden hatte, immer noch brach lag.

Wieder in Lohr angekommen, brachte das Karl auf eine Idee.

»Lieb! Ich weiß eine Möglichkeit, wie wir endlich zurück nach Hause können.«

Walburga, die gerade mit dem Abwasch beschäftigt war, hätte vor Neugierde beinahe einen Teller fallen lassen und trocknete sich rasch die Hände ab.»Karl, wie? Sag mir, wie willst du das anstellen?«

»Sieh mal, das Grundstück gehört doch immer noch deiner Mutter. Wir haben die ganze Zeit zwar überhaupt nicht daran gedacht, aber…«, es schien, als ob er eine Pause brauchte, um Mut aufzubringen.»Wie wäre es, wenn wir dort einfach wieder bauen würden? Es wäre sicherlich nicht leicht, aber ich könnte mich zur Versetzung nach Aschaffenburg bewerben und irgendwie würden wir das schon schaffen!«

Walburga war sprachlos und hatte Tränen in den Augen.»Oh, Karl, das wäre einfach wunderbar! Ich würde mir nichts sehnlicher wünschen, als endlich nach Hause zurückzukehren.« Sie hatte nicht übertrieben. Nie war sie von ihrer Familie getrennt gewesen und sie vermisste alle schmerzlich. Der tragische Tod des Vaters hatte alle noch mehr zusammengeschweißt. Karl setzte sich noch am gleichen Tag hin und schrieb seine Bewerbung um eine Versetzung nach Aschaffenburg. Sie weihten Walburgas Mutter und Geschwister in ihren Plan ein und alle waren hellauf begeistert. Die Aussicht, bald wieder im eigenen Garten arbeiten zu können, war für die verwitwete Anna Staudt das größte Glück. Als Karl tatsächlich eine Zusage bekam, beim Bauamt Aschaffenburg ab dem ersten September 1951 anfangen zu können, rückte wieder alles ein Stück näher. Schließlich fand sich sogar ein befreundeter Architekt, der sich das Grundstück in Schweinheim ansah und erste Überlegungen für den Bau eines neuen Hauses anstellte. Zwar war Karl nun beim Bauamt Aschaffenburg angestellt, aber als Kulturbauaufseher für den Landkreis Lohr eingesetzt, so dass die Versetzung nach Aschaffenburg keinerlei Wegersparnis bringen würde, wenn sie erst einmal wieder dort wohnten.

Es war bereits dunkel geworden, als Karl mit der knatternden NSU in den Hof in Lohr einbog, wo die Familie Kerz derzeit wohnte. Ein Auto konnten sie sich nicht leisten. Karl war aber auf eine flexible Fortbewegung angewiesen und hatte sich so ein Motorrad angeschafft. Aus dem Fenster im ersten Stock rief Walburga ihm zu.»Karl, Karl! So hör doch! Heute ist ein Brief vom Bauamt Aschaffenburg gekommen!« Karl stellte den Motor der Maschine ab.»Das wird die Baugenehmigung sein, ich komme sofort.« Hastig eilte er nach oben und riss seiner Frau den Brief aus der Hand. Nervös und händeringend stand Walburga neben ihrem Mann während dieser scheinbar den Brief wieder und wieder las. Endlich hob er den Blick, schaute aber nicht zu seiner Frau, sondern ins Leere. Immer noch starrte er vor sich hin, als er den Brief knisternd in der Hand zerknüllte.»So red' doch mit mir, Herzle, sag mir, was sie geschrieben haben«, redete Walburga ein wenig unbeholfen auf ihn ein. «Was sie geschrieben haben? Was diese Witzfiguren geschrieben haben? Dass wir nicht bauen können! Dass uns der Grund nicht mehr gehört! Eine besondere Situation sei es, nach der großflächigen Zerstörung von Aschaffenburg und dass dieses Grundstück für andere Zwecke benötigt wird. Man würde uns aber entsprechend vergüten.« Karls Kopf war hochrot angelaufen, er tobte vor Wut und lief polternd in der Wohnung auf und ab. Walburga hatte nicht ganz begriffen, was geschehen war. «Karl…was heißt das für uns?« Augenblicklich blieb er stehen und schrie derartig laut, dass die Adern an seinem Hals hervortraten.»Was das für uns bedeutet? Dass uns das Grundstück nicht mehr gehört! Himmel, Herrgott, Sakrament noch mal!« Mit der Faust schlug er so stark gegen die Stubentür, dass das Holz splitterte. Der neunjährige Herbert hatte die gesamte Zeit verlegen im Hausflur gestanden und war bei jedem Schrei, den sein Vater hatte fahren lassen, heftig zusammengezuckt.

Es waren endlose Stunden bis sich Karl endlich beruhigte und an den Tisch setzte um dem Bauamt eine Entgegnung zu schreiben. Immerhin waren die Bearbeiter mehr oder weniger seine Kollegen und er konnte nicht im geringsten begreifen, wie es zu solch einer Entscheidung hatte kommen können.

Doch jegliche Versuche blieben erfolglos. Man wüsste noch nicht, wie man mit dem brach liegenden Grund verfahren würde, es läge aber in der Entscheidungsgewalt der Stadt Aschaffenburg und die Eintragung im Grundbuch sei nicht mehr weiter von Bedeutung.

Wieder war es Walburga, die stark sein und ihren Mann besänftigen musste. Dabei hätte sie allen Grund zum Weinen gehabt. Sie saß den ganzen Tag zu Hause, wo die Arbeit schnell erledigt war, in einem Ort, in dem sie niemanden kannte, während in Schweinheim die gesamte Familie nur darauf wartete, dass Walburga mit Mann und Kind endlich kommen würde. Doch im Moment ging es keinesfalls, auch wenn Karl es nicht akzeptierte. Walburga war sich schon bewusst, dass es keinen Sinn haben würde, sich gegen offizielle Entscheidungen zu stellen. Was würde man da schon erreichen. Nichts, gar nichts. Im Gegenteil, mit jedem weiteren abweisenden Brief würde Karl nur noch mehr toben. Und wer würde das abfangen müssen? Ja, sie. Da half es nur, sich wieder an ihren Grundsatz zu erinnern. Ertragen und Schweigen…

Stille Befreiung

1955

Sie hatten nicht mehr daran geglaubt, auch wenn sie es sich beide gewünscht hatten. Aber, dass es dann 1955, als Walburga bereits 41 Jahre alt war, doch noch soweit kommen würde, daran hatten sie nicht gedacht. Dabei hatte Walburga sogar jahrelang alle ihr bekannten alten Hausmittel ausprobiert. Bereits einige Jahre schon sagte Karl immer wieder:»Ein Kind ist kein Kind«. Dieser Satz traf die Mutter ungemein und erinnerte sie bitter an die Fehlgeburt 1941, war es doch auch immer ihr Wunsch gewesen, viele Kinder zu haben! Umso größer war die Freude, als sie am 10. Oktober 1955 einen gesunden Buben zur Welt brachte. Nicht nur für die Eltern war es ein großer Segen, auch der kleine Herbert ging in der Fürsorge für seinen Bruder auf. Oft hatte sich der sensible Junge alleine gefühlt und sich weitere Geschwister gewünscht. Auch auf Karl hatte die Geburt von Sohn Thomas nur positive Auswirkungen. So liebevoll wie mit dem Kleinen hatte Walburga ihren Karl schon lange nicht mehr erlebt. Doch während er bei Thomas seine sanfteste Seite zeigte, bekam Herbert ungemeine Härte zu spüren. Es war bisher keine einfache Kindheit gewesen für den Dreizehnjährigen und in Sachen Erziehungsmethoden hatte sich Karl seit seiner Jugend in Bezug auf Herbert nicht weiterentwickelt. Herbert bemühte sich zwar in der Schule, träumte aber viel lieber von Abenteuern, wie denen von Robinson Crusoe. Besonders in Mathematik wollte es nicht recht klappen. Sein Vater hatte für die Träumereien seines Ältesten nicht viel übrig und konnte nicht einsehen, wie man beim Einmal Eins Probleme haben konnte. Also setzte er sich mit seinem Sohn hin und wollte selbst erreichen, was der Lehrer nicht zustande gebracht hatte. Doch wenn Karl nach einem langen Arbeitstag sich daran machte, mit Herbert Mathematik zu lernen, so waren schon die Vorzeichen, unter denen diese Lehrstunde stand, nicht die besten. Viel zu gereizt und nervös war er, um ihm geduldig etwas beibringen zu können.

»Vier mal sechs ist?«, herrschte er den Jungen in einem rauen Ton an. Dieser, von dem Tonfall des Vaters bereits so eingeschüchtert und verunsichert, sah vor seinem geistigen Auge nun nur noch verschiedene Zahlen tanzen.

»Fü..fünfundzwanzig?« stotterte er. Nicht nur das falsch genannte Ergebnis, sondern das Duckmäuserverhalten seines Sohnes war es, das ihn zur Raserei brachte.

Der Schlag traf Herbert so heftig, dass er vom Stuhl in die andere Ecke des Zimmers flog.

»Bei dir ist ja wohl alles verloren!«, schrie sein Vater, so dass sich die Stimme überschlug. »Da ist jede geopferte Minute verschwendete Zeit!« Wütend schlug er die Tür hinter sich zu. Innerlich war sich Karl bewusst, dass er irgendwie Herr über seine Wut werden musste. Im Flur begegnete ihm Walburga. »Karl, du weißt, dass ich das Essen seit über einer halben Stunde fertig habe.«, sagte sie als Feststellung und gar nicht sonderlich vorwurfsvoll.

Karl aber fühlte sich angegriffen und setzte wie eine Raubkatze zum Sprung zur verbalen Entgegnung an. »Ich bin es, der da drüben seine Zeit verschwendet hat! Anstatt mir Vorwürfe zu machen, solltest du mir dankbar sein, dass ich mir solche Mühe gebe.«

Walburga wusste, was gerade seinen Lauf nahm und sie war sich nicht sicher, ob sie es noch verhindern konnte. Also sagte sie gar nichts. Da ging Karl an den Tisch schlug mit der flachen Hand auf den Tisch, dass das Geschirr klapperte, griff sich die Schüssel mit den Kartoffeln und schleuderte sie mit voller Wucht gegen die Wand.

»Vielen Dank für meinen herrlichen Feierabend!«, war das letzte was sie von seinem Gebrüll hörte, bevor er die Haustür ins

Schloss schmiss. Walburga zog sich schnell einen Stuhl heran. Die Verzweiflung drohte sie zu übermannen. »Die schönen Kartoffeln. Alles hin. Alles.«, sprach sie mit sich selbst. Wo er jetzt nur hinging? Ins Wirtshaus vermutlich und erst spät in der Nacht würde sie ihn wieder sehen, wenn überhaupt... Das Geschrei von Baby Thomas riss sie aus ihren Gedanken. Beim Wickeln des Neugeboren sprach sie sich selbst Mut zu. Es musste ja weitergehen und was waren schon ein paar Kartoffeln, wenn sich Karl dafür besser fühlte. Ja und Herbert, der wird seinen Vater sicher wieder sehr gereizt haben. Sie beschloss, für sich abermals eine Lösung gefunden zu haben und ihren entsetzten Gedanken hatte sie ein Ende bereitet und summte nun ein Schlaflied für Thomas. So ging das ja ganz gut! Eben hatte sie noch das Bedürfnis gehabt, laut zu heulen und nun...Man musste die Dinge eben nehmen wie sie kommen. Das Leben war nun einmal nicht immer einfach und diese harten und schweren Tage würden auch vorübergehen.

Eine einfältiges und dummes Denken? Auf den ersten Blick mag es den Anschein erwecken, doch genau das Gegenteil war der Fall.

Sicher war es ihr nicht im geringsten bewusst, dass ein Teil von ihr an jenem Tag gestorben war. Sie hatte nicht die Kraft aufgebracht, um diesen Teil zu halten. Lange hatte sie gekämpft, doch nun ließ sie ihn endlich gehen und schaffte Platz für Resignation, die ihr half weiterzumachen und nicht zu zerbrechen. Welch Befreiung im Stillen! Selbstschutz, um sich nicht gänzlich ihrer Verzweiflung hinzugeben. Verzweiflung über ein entwurzeltes Dasein fern der Heimat, einen monotonen Alltag und über ihr Ertragen und Schweigen...

Verregnete Aussichten

Siedlungsjahre

Oh, was hatte sich alles getan in der Heimat! Lug war spät vom Krieg heimgekehrt und hatte immer noch mit Erfrierungen, die er sich in Russland zugezogen hatte, zu kämpfen. Mittlerweile war er aber verheiratet. Der kleine Bruder verheiratet! Auch das Annasche hatte sich vor den Traualtar gewagt und einen rund zehn Jahre älteren Fischermeister geheiratet. Ja, und Fina, die war nun auch schon vor einigen Jahren Mutter geworden. So vieles war geschehen zu Hause und Walburga hatte nicht dabei sein können.

Doch im September 1957 nahm alles eine bedeutende Wendung.

Mittlerweile hatte man den ehemaligen Besitzern des Grundstücks im Leidersbachergässchen 7, wo Walburgas Elternhaus gestanden hatte, eine entsprechende Entschädigung zugesichert. Die Benachrichtigung kam in Form eines Briefes. Jene Entschädigung war nicht etwa ein angemessener Geldbetrag – nein. Dafür, dass die Staudts das Grundstück abtraten, sollten sie ein Vorkaufsrecht auf ein Grundstück in einer neu angelegten Siedlung nahe Aschaffenburg erhalten und dieses Grundstück zu einem angemessenen Preis erwerben können. Karl machte sich kundig und kam zum Schluss, dass das womöglich die letzte Möglichkeit sei, wieder in Aschaffenburg – wenn auch nicht in Schweinheim – Fuß zu fassen.

So zwängten sich an einem Samstagnachmittag Karl und Walburga mit den beiden Buben, sowie Walburgas Mutter Anna und Fina in den neuen VW-Käfer. Obwohl das neue Siedlungsgebiet nur wenige Kilometer von der Stadtmitte entfernt war, hatten sie große Schwierigkeiten es zu finden. Kaum die Hand sah man vor Augen bei dem strömenden Regen. Als sie angekommen waren, hatte niemand großes Interesse auszusteigen und das Grundstück zu begutachten. Karl schlug den Kragen seines Trenchcoats hoch und stieg aus. Es waren endlose Minuten, die Walburga mit der restlichen Familie bis zu Karls Rückkehr im Auto verbrachte. Walburga versuchte, die Situation ein wenig zu entspannen. »Nun, was meint ihr?« Die Mutter schüttelte den Kopf. »In eine Siedlung geh ich net. Da kann ich genauso in der Wohnung bleiben, wo wir jetzt sind.« Auch Fina nickte zustimmend. Gerade wollte Walburga versuchen, die beiden zu überzeugen, sich es doch wenigstens einmal zu überlegen, da riss Karl, bis auf die Haut durchnässt, die Tür auf. »Ja, das ist eigentlich alles ganz ordentlich. Ich würde sagen, wir sind angekommen!« Walburga drückte ihrem Mann einen Kuss auf die Backe. Nun mussten nur noch die anderen überzeugt werden. Denn sowohl Karl, als auch Walburga war es klar, dass der Hausbau nur in sofern zu schultern war, wenn die Mutter mit der Schwester als Mieter einziehen würden. Anna Staudt bekam auf Grund dessen, dass ihr Mann als Zivilist gestorben war, eine recht gute Rente. Walburgas Euphorie war nun nicht mehr zu bremsen. »Überlegt doch mal! Wir wären immer beieinander. Und wir alle unter einem Dach. Mutter! Fast wie früher, wo der Vater noch da war.« Das schien die Frau mit dem schlohweißen Haar zu erweichen. »Na ja, in Herrgottsnamen!« Von dem plötzlichen Gesinnungswandel ihrer Mutter überrascht, hatte auch Fina kaum noch Einwände. So war es beschlossene Sache!

Welche der Personen, die an diesem Samstag mit im Auto saßen, hatte wohl gedacht, dass sie wirklich zu Hause angekommen waren? Wohl kaum einer. Da lag er also nun, der vom Regen aufgeweichte und schlammige Boden, auf dem schon bald das kleine Haus stehen sollte.

Während andere Bauherren sich die akkuraten Steine zum Hausbau liefern ließen, so wurden die Steine zum Bau im künftigen Falkenweg 10 aus einem Steinbruch organisiert. Das sparte zwar Geld, nicht aber Mühen. Walburga hegte Bedenken, dass sie sich mit der finanziellen Belastung übernommen haben könnten. Doch Karls sicheres und passables Einkommen beim Staat, Finas Gehalt und die Rente der Mutter halfen, dass alles irgendwie zu schultern war.

Am 26. Juli 1958 war es endlich soweit. So bezogen sieben Personen das neuerbaute Siedlungshäuschen. Das Ehepaar Kerz mit den beiden Kindern nahm die Wohnung unten und oben wohnten Anna Staudt mit Tochter Fina und deren Sohn Albrecht.

Mit den Möbeln würden sie in nächster Zeit noch ein wenig improvisieren müssen, denn dazu hatte das Geld beim besten Willen nicht mehr gereicht. Aber das spielte auch überhaupt keine Rolle. Walburga war überglücklich. Sie hatten etwas geschaffen, das ihnen gehörte und – was noch viel wichtiger war – sie waren endlich zu Hause.

Anna Staudt hatte zu Beginn größte Probleme, sich an das neue Heim zu gewöhnen. Sie war doch nie von Schweinheim weggewesen. Selbst ausgebombt und kurz darauf frisch verwitwet, war sie immer noch in Schweinheim geblieben. Doch nun war wieder ein eigener Garten da, ja sogar ein richtig gemauerter Hühnerstall war vorhanden. So wusste auch bald sie die Vorteile der Veränderungen zu schätzen.

Karls Zuständigkeitsbereich als Kulturbauaufseher hatte sich mittlerweile in den Landkreis Alzenau verlegt und so schien es, dass nach vielen Jahren, endlich einmal alles in geregelten Bahnen verlaufen würde. Walburga blühte in dem Umfeld ihrer Familie regelrecht auf.

So hatte es sich schon bald fest eingerichtet, dass Lug mit seiner Frau Anni und Annasche mit ihrem Mann Heiner regelmäßig vorbeikamen. Es wurde gegessen, getrunken und gemeinsam gesungen. Es war fast alles wie früher.

Leider waren nicht nur schöne, sondern auch weniger schöne Dinge wie früher. Karl geriet mit Herbert, der nun auf die Volljährigkeit zuging, immer wieder aufs heftigste aneinander, während er für Thomas liebevoller Vater und Kumpel zugleich war. Doch es war nicht ganz wie früher, als Herbert noch alles still ertragen hatte. Er gab Widerrede, lehnte sich gegen seinen Vater auf. Es war nicht die Rebellion eines Teenagers, sondern das verzweifelte Auflehnen gegen einen scheinbar übermächtigen Vater. Den einfachsten Weg hatte er nicht genommen, denn so manche schmerzende Ohrfeige hätte er sich sicher ersparen können.

An einem Samstagabend war Herbert etwas später als zur vereinbarten Zeit nach Hause gekommen, das heißt, hatte er nach Hause kommen wollen. Denn rein kam er nicht. Es war abgeschlossen und der Schlüssel steckte von innen. So konnte er von Glück reden, dass die Großmutter seiner Freundin eine recht modern denkende Frau war und ihn für die Nacht bei sich im Haus übernachten ließ. Doch als er am nächsten Tag nach Hause ging, kam er abermals nicht rein. Es war niemand zu Hause. Die ganze Familie war auf der Gickelskerb, eine Kerb, die sich seit Entstehen der Siedlung etabliert hatte. So versuchte sich Herbert daran, ein gekipptes Fenster zu öffnen. Später wünschte er sich, er hätte es bleiben gelassen. Das Glas sprang und zersplitterte in tausend kleine Stücke. Es wäre unnütz zu beschreiben, welch Donnerwetter ihn erwartete als sein Vater mit einem guten Fundament von Alkohol nach Hause kam. Am Abend saß er in seinem Zimmer und mehr denn je war ihm klar, dass er weg wollte. Endlich weg.

Als er dann, gerade volljährig, heiratete, war es möglicherweise das beste, was Vater und Sohn passieren konnte. Denn wenn auch die Beziehung ein wenig abgekühlt war, so gerieten sie fortan nicht mehr so aneinander, natürlich auch einfach auf Grund der Tatsache, dass sie sich nicht mehr so häufig sahen.

Die Sonn- und Feiertage waren stets mit Ausflügen nach Schweinheim verplant. Anna Staudt pflegte eine innige Beziehung zu ihrer Schwester, der Tante Wally. Onkel Johann war mittlerweile verstorben und die beiden Witwen schwelgten in Erinnerungen an schwere aber auch heitere Tage, wo Anton und Johann noch am Leben waren. Aber auch für Walburga waren die Besuche in Schweinheim eine willkommene Abwechslung. Oftmals waren die Strietwälder Gast im Hause von Walburgas Cousine Margarete, der einzigen Tochter von Tante Wally. Margarete war nur unwesentlich jünger und so setzte sich eine herzliche Beziehung wie die von Anna und Wally Staudt auch in der Generation ihrer Kinder fort. Doch mit dem Tod von Tante Wally, die ja das Bindeglied nach Schweinheim gewesen war, wurden die Besuche weniger.

Walburgas Freizeitaktivitäten beschränkten sich auf nur wenige heitere Stunden. Ihre erste Enkeltochter, Herberts Tochter Simone, aufwachsen zu sehen, bereitete ihr große Freude. Auch wenn die Besuche nur auf ein Minimum beschränkt waren, obwohl Herbert mit seiner Familie nicht weit weg lebte. Den Waschtag hatte Walburga für Mittwoch beibehalten, so wie ihre Mutter es schon vor ewigen Zeiten getan hatte. Zu waschen gab es immer zu genüge, denn Sohn Herbert hatte sich mit viel Fleiß und Geschäftssinn, obwohl ihn sein Vater auch gerne im Staatsdienst gesehen hätte, ein kleines Friseurladen-Imperium aufgebaut.

Anna Staudt ging es zunehmend schlechter. Sie war bereits über achtzig Jahre alt und das Leben voller Entbehrungen hatte seine Spuren unübersehbar hinterlassen. Eine Untersuchung diagnostizierte Darmkrebs. Ihre Mutter so leiden zu sehen, machte Walburga schwer zu schaffen. Als sie nach erfolgreicher Operation endlich das Krankenhaus verlassen durfte, schöpfte Walburga wieder neue Hoffnung. Doch Anna Staudt machte nur eine müde Handbewegung, als ihre Tochter und ihr Schwiegersohn sie die Treppe hinauf zu ihrer Wohnung führten.

«Ich will euch nicht viel Arbeit machen, lange soll es nicht dauern.« Keine wollte es wahrhaben, aber sie sollte Recht behalten. Als Walburgas Sohn Thomas eines mittags nach Hause kam und seiner Großmutter den gerade gekauften Motorradanzug vorführen wollte, kam ihm Fina entgegen. »Bub, zur Oma brauchst du nicht mehr hoch.« Der achtzehnjährige brauchte nicht nachzufragen, er wusste, was geschehen war.

So begrub Walburga im Dezember 1973 mit ihrer Mutter auch wieder ein Stückchen Kindheit, ein Stückchen Heimat.

Obwohl sie mit dem Haushalt, dem Garten und dem frisch pensionierten Karl genügend Arbeit hatte, waren ihr die Tage zu lang. So fing sie wieder mit Handarbeiten an und bestickte Tischdecken mit Blumenmustern – wahre Kunstwerke. Es machte ihr Freude, wenn sie wieder ein Stück beendet hatte, auch wenn außer ihr nicht wirklich jemand Notiz davon nahm. Eine willkommene Ablenkung waren da auch die gegenseitigen Besuche bei den Geschwistern. Stets kurzweilige Stunden waren es, in denen unbeschwert gelacht und gefeiert wurde. Besonders Lug verstand es, die Anwesenden immer wieder zum Lachen zu bringen. Er war mit Leib und Seele Musiker, ein begnadeter dazu, der phantastisch Saxophon und Geige spielen konnte. An ihm war auch sicherlich ein Schauspieler und Moderator verloren gegangen, denn bei seinen improvisierten Conferencen stand er beispielsweise einem Peter Frankenfeld oder Hansjoachim Kulenkampff in nichts nach.

Zu den Nachbarn, alle anständige und rechtschaffende Leute, pflegte man ein sehr freundliches Verhältnis. Wirkliche Freundschaften waren aber nicht entstanden, auch wenn Walburga es sich so manches Mal gewünscht hätte. Wahrscheinlich hatte Karl aber Recht, wenn er sagte, dass Frauenfreundschaften überflüssig seien. Überhaupt hatte Walburga in ihrem gesamten bisherigen Leben nie eine wirkliche Freundin gehabt. Unzählige Bekannte ja – aber eine Freundin nicht.

Manche mögen es belächelt haben, dass man sich mit ihr nur recht oberflächlich über die alltäglichen Dinge unterhalten konnte. Aber für Walburga hatte das eigene Leben schon genügend Tiefgang gehabt, warum sollte man den also auch noch im Alltag suchen. So gab es in ihrem Umfeld niemanden, dem sie sich mit Dingen, die sie beschäftigten, wirklich anvertraute.

Karl kam mit der freien Zeit weitaus besser zurande als sie. Sein verkürztes Bein bereitete ihm beim Gehen immer größere Schwierigkeiten und die orthopädischen Schuhe alleine konnten die große Beinlängendifferenz nicht mehr ausgleichen. Immer häufiger war er nun auf den Stock angewiesen. Eine seiner größten Freuden war das Lesen geworden. Im Wohnzimmer im Sessel oder auf der Terrasse verschlang er seine Romane regelrecht, während Walburga in der Küche oder im Waschkeller stand.

An ihren Kindern sah sie, wie schnell die Jahre doch vorüber gegangen waren. Nun wollte Thomas heiraten und war in Begriff seinen Maurermeister zu absolvieren. Ihr kleiner Thomas, heiraten! Es kam ihr noch gar nicht so lange vor, dass sie ihrem Mann mitgeteilt hatte, dass sie nochmals Nachwuchs bekämen. Doch die vergangene Zeit sprach eine andere Sprache, weit über zwanzig Jahre waren seitdem vergangen.

Als dann auch noch die Geburt eines weiteren Enkelkindes bevorstand, zeigte sich bei Walburga erneut ein Aufflammen des Gefühls, wieder gebraucht zu werden.

Meine Wenigkeit sollte das weitere Enkelkind werden. Wir kommen also zu meinen gemeinsamen Jahren mit meiner Großmutter, meine gar nicht so verblassten Erinnerungen...

Großmutter und Enkel

1983-1996

»Einen guten Start in dein Leben wünschen dir deine Großeltern Karl und Walburga«, verrät die Karte, die mir Oma zu meiner Taufe geschrieben hatte. Als hätte ich es damals schon verstehen können! Wie einem Erwachsenen hatte sie dem Winzling geschrieben, der am 9. Oktober 1983 in der Pfarrkirche St. Konrad in Aschaffenburg-Strietwald getauft wurde.

Als meine Großeltern am 12. August 1984 ihren 45jährigen Hochzeitstag feierten, war ich als kleiner Stöpsel dabei. Erinnern kann ich mich daran nicht, war ich doch gerade ein gutes Jahr alt. Aber Fotos beweisen es. Wenn ich diese so betrachte, wo ich ein wenig schmollend bei meinem Großvater auf dem Schoß sitze und meine Großmutter mich liebevoll anlächelt, kommt mir alles sehr vertraut vor.

In meinen frühsten Erinnerungen sind wir wieder einmal auf einer der Familienfeiern und irgendeines der anverwandten Kinder hat mir meinen Spielzeugbagger weggenommen. Hilfesuchend schaue ich mich um, doch meine Eltern sind nicht zu sehen. Doch wer steht da vor mir und breitet schützend die Arme aus, auf die ich unbeholfen zu laufe? Oma. Diese Situation hat sich bei mir so fest verankert, ich könnte sie heute noch malen. Ich mag damals allenfalls zwei, vielleicht Jahre alt gewesen sein und doch spüre ich noch ganz deutlich ihre Hand, die mir beruhigend durch den damals noch blonden Haarschopf fährt. Erst vor einigen Jahren habe ich genau von dieser Begegnung ein Foto gefunden. Der Knipser hat exakt diesen Moment festgehalten. Als ich das Bild sah, war es, als hätte man meine Erinnerungen auf Zelluloid gebannt. Die Erinnerungen an meinen Großvater beschränken sich im wesentlichen darauf, dass ich bei ihm auf dem Schoß sitze und er mit seiner braungebrannten Hand für mich ein auf meinem Körper laufendes Mäuschen mimte. Leicht zu vergnügen gewesen war ich schon immer. Wenn wir Freitag mittags zu den Großeltern fuhren und mein Vater den Rasen mähte oder andere Arbeiten erledigte, war ich im Esszimmer bei meinem Großvater, der in einem abgewetzten grünen Stuhl aus den sechziger Jahren am Fenster saß. Ich weiß noch genau, es war ein solcher Freitag gewesen, da kam mein Vater ins Zimmer dazu. Mein Großvater beklagte sich über irgendwelche gesundheitlichen Probleme und sagte etwas wie»ich mag nicht mehr.« Mein Vater, erschrocken von der Aussage, sagte ihm, er sei doch nun Opa und würde gebraucht werden. Diese Worte taten bei dem sonst gar nicht um eine Antwort verlegenen Karl wohl seine Wirkung, denn ganz klar sehe ich vor mir, wie er mich darauf hin mit seinen wachen braunen Augen ansah und mich in die Arme schloss. Auch Oma Walburga und meine Mutter befanden sich mit im Raum und ich glaube alle waren über die spontane zärtliche Geste erstaunt, denn Karl war nun wirklich nicht der Typ, der seine Zuneigung durch Umarmungen ausdrückte. Ganz fest hat er mich an sich gedrückt, an seine graue, mit den Hirschgeweihknöpfen bestickte, Strickjacke.

Gefeiert wurde oft, irgendjemand aus der Verwandtschaft feierte eigentlich immer einen runden Geburtstag. Da habe ich besonders Lug, Walburgas Bruder, lieben gelernt. Stets tadellos gekleidet, zuvorkommend und vor allen Dingen so witzig! Witze über die man heute vielleicht nur noch gähnen würde, aber für mich als Kind war es etwas Einmaliges und jede noch so unangenehme Situation wusste er durch entsprechende Reaktion ins Heitere umzukehren. Auch das Annasche habe ich natürlich gekannt. Eine kleine Person mit einer ein wenig schrillen Stimme. Sie war ziemlich früh Witwe geworden und so kam sie immer als Anhang von Lug und seiner Frau Anni. Fina wohnte ja weiterhin bei meinen Großeltern im Haus und so war sie sowieso immer dabei. Sie hatte immer etwas für mich, ob Süßigkeiten oder ein Fünf-Mark-Stück, das sie mir geheimnisvoll in die Hand drückte. Das musste ja keiner der anderen mitbekommen.

Ende 1986 bekam Walburga von offizieller Seite die Bestätigung, obwohl sie schon lange wusste, dass irgendetwas nicht stimmte. Es war Darmkrebs, die heimtückische Krankheit, an der einst ihre Mutter so elendig zu Grunde gegangen war. Auf einmal fiel allen auf, welch großen Arbeiten sie mit über siebzig Jahren noch verrichtet hatte und die gesamte Familie bangte an ihrem Krankenbett. Doch körperlich war sie seit jeher ungemein eisern gewesen und auch wenn ihr eine Niere entfernt werden musste und sie stark an Gewicht verloren hatte, genas sie vollständig. Es wäre ihr auch gar nicht anders übrig geblieben, denn als sie auf Leben und Tod lag, war es Karl klar geworden, dass er ohne sie überhaupt nicht zurecht kommen konnte. Natürlich drückte er es nicht so aus, aber sie merkte es und es gab ihr ein wenig Auftrieb.

Es vergingen nur wenige Monate, da war es Walburga, die an einem Krankenbett wachte und zwar an meinem. Starke Bauchschmerzen hatten tagelang angehalten, bis mir schließlich der Blinddarm entnommen wurde. Doch ich war nicht lange zu Hause, kamen die Schmerzen wieder und ehe der Krankenwagen kommen konnte, nahm ich meine Umwelt schon nicht mehr wahr.

Einige Tage lag ich auf Grund einer schweren Darmverschlingung auf Leben und Tod. Doch ich hätte dieses Buch nicht schreiben können, wenn am Ende nicht alles doch gut ausgegangen wäre.

Aber es sollten sie auch jetzt keine unbeschwerten Tage erwarten, denn nun bereitete ihr Karl große Sorgen. Seit einigen leichten Schlaganfällen fuhr er kein Auto mehr. Es war noch mal glimpflich ausgegangen und es waren keine schwerwiegenden Lähmungen zurückgeblieben, bis auf einer eingeschränkten Motorik in Armen und Beinen. Von Ärzten hielt er nicht sonderlich viel. Ich weiß noch, wie ich einmal meine Oma fragte, was denn ein Quacksalber sei, ein Wort, das ich bei Opa aufgeschnappt hatte. Auch das Atmen bereite ihm große Schwierigkeiten und er klagte häufig über starke Kopfschmerzen. Sicher war es nicht zuträglich, dass er seine vielen bunten Pillen mit einem Schnaps hinunterspülte. Seinem Sohn Thomas vertraute er schließlich an, was er bisher verheimlicht hatte. An seinem rechten Fuß klaffte eine offene Wunde, die nicht verheilen wollte. Thomas packte seinen Vater ins Auto und fuhr mit ihm zum Hausarzt. Dieser stellte keine vagen Spekulationen an und überwies den 77jährigen unverzüglich ins Krankenhaus. Auf der chirurgischen Station konnte man den offenen Fuß zwar behandeln, nicht aber die Ursachen, denen man aber nicht auf die Spur kam. Da sich sein Allgemeinzustand aber nicht besserte, wurde er schließlich in die Innere Medizin verlegt. So war bald klar, dass sich seine Atemnot auf Wasser in der Lunge begründete. Es kamen Tage, an denen er zuversichtlich war und sich einen Rollstuhl kommen ließ, mit dem er auf dem Krankenhausflur auf und ab fuhr. Dann wieder war er bei Besuchen kaum ansprechbar und starrte apathisch an die Decke.

Der ganzen Familie saß der Schrecken in den Gliedern, als er sich in einer Nacht mühsam aus dem Bett begeben und versucht hatte, aus dem Fenster zu springen. Waren es die Medikamente, die ihn nicht mehr ganz klar denken ließen und ihn nicht mehr ganz zurechnungsfähig machten? Oder wollte er seinem Leben ein Ende setzen, weil er es nicht ertragen konnte, auf die Hilfe anderer angewiesen zu sein? Oder gar ganz andere Gründe? Man wird es nie erfahren.

»Du bist ein Stehaufmännchen«, hatten schon vor Jahren Bekannte und Verwandte zu ihm gesagt, weil er eigentlich nie länger krank gewesen war. Doch nun kokettierte er:»Das Stehaufmännchen steht nicht mehr auf.«

Am 31. Oktober 1987 abends, wurde sein Bett frisch gemacht und man hatte ihn während dieser Zeit in ein anderes Bett gelegt. Lange kann es nicht gewesen sein, doch genau während dieser Zeit, hörte sein Herz auf zu schlagen. Karl Kerz war tot.

Noch am Nachmittag war Walburga bei ihm gewesen und die Ärzte hatten gesagt, dass er wohl bald nach Hause dürfe. Als am Abend das Telefon klingelte, erschien Walburga alles unwirklich. Als sie am nächsten Tag mit Sohn Thomas ins Krankenhaus fuhr, um die Habseligkeiten abzuholen, dämmerte ihr erst langsam, dass ihr Karl nicht mehr da war und nie wieder zu ihr nach Hause kommen würde. Als sie das Zimmer betraten, bot sich ein trauriger Anblick. Gut verschnürt in einem blauen Plastiksack lagen auf dem Bett Karls Kleidung und in der Ecke lehnte sein Stock. Viele Menschen hatte sie im Laufe ihres Lebens sterben sehen und auch bis in den Tod begleitet, doch die Frage des Arztes, ob sie ihren Mann noch mal sehen wolle, verneinte sie.

Nein, leicht war es nicht immer gewesen mit ihm – im Gegenteil. Aber auch die Routine eines Alltagslebens fehlt ungemein, wenn sie nicht mehr gegeben ist.

In den folgenden Wochen verbrachte Oma die Wochenenden bei meinen Eltern zu Hause. Seit Jahrzehnten hatte sie keine Nacht allein in einem Haus verbracht, worauf sie sich nun einstellen musste. Denn auch Schwester Fina war nicht mehr im Haus. Vor einigen Jahren hatte sie einen Jugendfreund wiedergetroffen, der mittlerweile verwitwet war, dem sie schon bald darauf das Ja-Wort gab. Doch nicht nur das Alleinsein stellte sich für sie als schwierig heraus, auch alltägliche Dinge, mit denen sie nicht vertraut war, wurden zu übermächtigen Herausforderungen. Noch nie in ihrem Leben hatte sie Geld geholt, Kontoauszüge kontrolliert, sich um Abrechnungen gekümmert. Das Geldholen war noch das geringste Problem, doch bei den anderen Dingen stellte sich bald heraus, dass die 73jährige Walburga das niemals alleine würde bestreiten können und so kümmerte sich Sohn Thomas darum.

Sie begann wieder mit dem Singen und ging gelegentlich in den Kirchenchor. Auch Handarbeitstreffen des »Strickkreises« besuchte sie hin- und wieder. Vor allem aber freute sie sich auf die Treffen des Jahrgangs 1914/15, war das doch immer eine Möglichkeit nach Schweinheim zu kommen!

Dass sie zahlreiche Samstage bei uns zu Hause verbrachte, fand ich als Kind toll. Vor allen Dingen, weil Oma dann kochte. Nie wieder habe ich so gute Koteletts gegessen. Auch ihre Kartoffelklöße und ihre Leberknödelsuppe habe ich, als ich es dann viel später einmal selbst versuchte, nie so hinbekommen. Da nutzte es auch nichts, dass ich Rezepte dazu hatte – Oma machte alles nach Gespür und das hat sie wohl nie getäuscht, denn wenn sie kochte, hat es mir immer ausgezeichnet geschmeckt.

Da die Wohnung im oberen Stockwerk nun einige Zeit leer gestanden hatte, wurden Mieter ins Haus genommen. Weniger ging es um den finanziellen Aspekt, als darum, dass es Walburga gut tun würde, wenn sie nicht allein im Haus wäre. So geriet wieder Leben ins Haus – oder zumindest ins obere Stockwerk.

Ein Kirchgang und einmal Chor oder Handarbeiten pro Woche, alle zwei Wochen einmal in die Stadt fahren. Öfters ging sie kaum aus dem Haus. Die Abläufe ihres täglichen Lebens hatten sich nun ein wenig verschoben, sie aß äußerst früh zu Mittag und zu Abend und ging entsprechend früh zu Bett.

Körperlich immer noch ungemein agil, gab sie ihrem Geist nur wenig Möglichkeit zur Forderung.

Ganz überraschend starb das Annasche im November 1990 und nur gut zwei Jahre darauf ebenso unvorhersehbar Walburgas geliebter Bruder Lug im den ersten Tagen des Jahres 1993. Sie hatte als älteste Schwester zwei jüngeren Geschwistern ins Grab nachschauen müssen.

Die Zeitung hatte sie abbestellt. Die Augen machten ihr Sorgen und auch die Operationen, bei denen der graue und grüne Star behoben wurden, brachten keine Besserung. Auch mit den zig neuen Brillen, die sie ganz überforderten, war das Lesen zu einer fast nicht zu bewältigten Aufgabe worden.

Mit zahlreichen Gästen feierten wir im Juni 1994 ihren 80. Geburtstag. Ich sehe es noch ganz scharf vor mir. Sie wirkte so jugendlich in ihrem blauen Satinkleid! Äußerlich war sie es auch, hatte sie sich doch wirklich unwahrscheinlich gut gehalten.

Es war hart für sie, auch wenn sie es nicht so zeigte, dass Sohn Herbert nicht dabei gewesen war. Vor einiger Zeit hatte er sich als Privatier mit seiner zweiten Frau in Spanien ein neues Zuhause geschaffen.

Sie hatte sich lange dagegen gesträubt, ihn dort zu besuchen. Fliegen! In ihrem Alter! Nein, das würde sie nicht mehr. Die Aussicht, dass meine Eltern und ich sie aber auf dem Hinflug begleiten würden, ließ sie schließlich doch zustimmen.

Wir waren vielleicht schon 45 Minuten bei Nacht geflogen, da fragte sie, wann wir denn endlich abheben würden. Sie hatte auf die Beleuchtung der Tragflächen geschaut und angenommen, wir seien immer noch am Boden.

Unser Aufenthalt in Spanien war nur auf einige Tage beschränkt, Oma aber sollte länger bleiben. Da sie also auf dem Rückflug allein sein würde, organisierten wir den sogenannten »Rotkäppchen-Service«. Eine Einrichtung, die einen Rollstuhl samt Betreuung bereitstellte und die auf Hilfe angewiesenen Passagiere nach dem Landen abholte und bequem zum Ausgang chauffierte.

Wir waren gekommen um sie vom Frankfurter Flughafen abzuholen. Ich hatte die Befürchtung, es sei etwas passiert. Eine etwas verduzt schauende Angestellte der Fluglinie schob den Rollstuhl – allerdings ohne, dass meine Oma darin gesessen hätte – nach draußen. Wir warteten und warteten, von Oma war weit und breit keine Spur. Mit den letzten Passagieren kam auch sie. Wohlauf, mit forschem Schritt und gebräuntem Teint. Alle waren wir überrascht. Der Besuch bei ihrem Sohn im fernen Spanien hatte sie verändert. Sie wirkte agiler, wacher und lebensfroher. Ich weiß noch, wie ich mir auf der Rückfahrt vom Flughafen im Auto wünschte, dass das noch lange anhalten würde.

Ich sollte schon bald enttäuscht werden, denn als ich sie die Woche darauf nach der Schule besuchte, war sie erneut in ihren alten Trott verfallen. Es war 11.30 Uhr, sie hatte bereits zu Mittag gegessen und saß nun wieder am Fenster.

Damals begriff ich es nicht, wie die positive Veränderung schon wieder verschwunden sein konnte. Doch mit meinem heutigen Wissen ist mir manches klar. Ja, sicherlich hatten sich die Tage in der Sonne positiv ausgewirkt. Aber positiv genug, um ein Leben wie das ihrige, das immer nur in der Arbeit für andere bestanden hatte, um 180 Grad zu drehen und auf ihr Wohlbefinden auszurichten, dazu hatten sie bei weitem nicht ausgereicht.

Mein Eltern wurden im Jahr 1996 geschieden. Es war nicht nur für mich eine schwere und prägende Zeit, sondern auch meine Beziehung zu meiner Großmutter veränderte sich.

Besucherschatten

1996-1999

Ich ging seit einigen Jahren in die Realschule, konnte nun also nicht mehr wie gewohnt zur Schule laufen und musste den Bus nehmen. Hin und wieder traf ich Oma am Busbahnhof, die meist gerade beim Friseur gewesen war. Zwischen den Abfahrtszeiten unserer Busse wechselten wir ein paar Worte. Ich muss es zugeben, ich vermied die Frage nach ihrem Befinden. Denn schon seit längerem war sie dazu übergegangen, ausführlich ihr Leid zu klagen. Ein anderes Gespräch war kaum noch möglich, immer ging es nur darum, dass sie so schlecht sah, ihre Krankheiten und Beschwerden. Man mag es einem Halbwüchsigen vielleicht verzeihen, ich aber mache mir große Vorwürfe, dass ich sie nicht, oder nur ungern angehört habe. Ihr gesamtes Leben hatte sie alles still ertragen, nicht ein Wort des Klagens war über ihre Lippen gekommen. Nun, da sie so wenig Ansprache hatte, sprudelte es aus ihr heraus. Dass man ihr dann nicht einmal fünf Minuten widmete, in denen sie sich von der Seele reden konnte, was sie bedrückte, ist schon recht erbärmlich. Sicher, sie wiederholte sich nun immer öfter und über ihre schlechten Augen wusste ich genauso gut Bescheid wie sie. Doch darum ging es auch überhaupt nicht. Wenn es ihr ein Bedürfnis war, so wäre es eine Verpflichtung gewesen, ihr zuzuhören. Ich fasse mir dabei an die eigene Nase, kann es mir aber nach wie vor bei dieser weitverzweigten und großen Verwandtschaft nicht erklären, wieso sie kaum Besuch bekam.

Bei einem meiner Besuche hatte ich festgestellt, dass sie sich eigentlich ausschließlich nur noch von Tütensuppe ernährte.

Dazu ein Bier und einen Schnaps, dann die Tabletten – es war zu einem Ritual geworden. Dass sie damit aber Raubbau an ihrer Gesundheit betrieb, war ihr nicht bewusst. Ich kaufte also ein Paar frische Bratwürste und Sauerkraut und stand an einem schulfreien Tag um elf Uhr bei ihr vor der Tür, weil ich wusste, dass sie bald essen würde. Es hat mir gut gefallen, dass ich ihr damit eine Freude bereiten konnte. Unzählige Male hatte sie mir vorzügliche Mahlzeiten zubereitet, da wirkte mein kläglicher Versuch mit den Bratwürsten und dem Fertigkartoffelbrei ein wenig lächerlich. Aber, es schmeckte ihr und sie hatte wieder einmal etwas gegessen, das sie richtig gern mochte.

»Das war wirklich sehr gut, ich dank' dir schön. Das hat mir wirklich einen großen Spaß gegeben«, ich glaubte Tränen in ihren Augen zu erkennen, als sie mich ansah.

»Oma, das kannst du ganz einfach selbst machen, auch wenn du schlecht siehst.« Das mit dem schlechten Sehen hatte ich erwähnt, weil ich wusste, dass das ihr Hauptargument sein würde. Es schien, als wollte sie sich aufraffen und sie versprach mir frohen Mutes, in Zukunft wieder leichtere Gerichte wie dieses zu kochen.

Doch als ich das nächste Mal wiederkam, befand sich im Kühlschrank kaum mehr als ein wenig Dosenwurst und auf dem Herd stand die Tütensuppe.

Ähnlich war es mit dem kleinen Weihnachtsbaum, den ich ihr am ersten Advent gebracht hatte. Ich hatte mitbekommen, dass sie die schönen Weihnachtsbäume in der Stube vermissen würde. Also kaufte ich kurzerhand einen kleinen, vielleicht fünfzig Zentimeter großen künstlichen Baum mit elektrischer Beleuchtung.

»Du musst nur den Stecker reintun und schon leuchtet dein Bäumchen«, erklärte ich ihr langsam.

»Ja, nur den Stecker, das bekomm' ich hin. Wie praktisch das heute alles ist.«

Der Baum stand noch im Februar auf dem kleinen Beistelltisch und das Kabel der Beleuchtung hing noch genauso, wie ich es drapiert hatte. Der Baum hatte kein einziges Mal gebrannt.

Da sie das Kochen nicht beibehalten hatte und sich nicht ausgewogen ernährte, wurde schließlich »Essen auf Rädern« bestellt. Ich war positiv überrascht, wie sie mir das Gerät zum Aufwärmen des Essens erklärte. Das Essen schmeckte ihr und auch die Tütensuppe nahm nicht wieder Einzug in ihre Küchenschränke.

Auch mir war klar geworden, dass mit ihren Augen nicht übertrieb. Sie hatten sich wirklich rapide verschlechtert. Ein spezielles Telefon mit großen Tasten und den wichtigsten Nummern, die eingespeichert wurden, sollte ihr wenigstens die Anbindung an die Außenwelt bewahren, nachdem sie es sich nun auch nicht mehr zutraute, zum Friseur zu gehen. Hatte sie sich früher einmal wöchentlich bei mir gemeldet, so blieben ihre Anrufe nun aus. Ich war äußerst besorgt, wenn ich sie um fünf Uhr nachmittags anrief und sie schon zu Bett gegangen war. Immer wieder hatte sie beim Hausarzt über großen Druck auf der Brust geklagt, wogegen sie erst Herztabletten, dann Psychopharmaka verschrieben bekam.

Als ich sie im September 1998 besuchte, erschrak ich zutiefst. Da sie eben nicht mehr zum Friseur ging, war ihr nussbraun getöntes Haar, das mir seit frühster Kindheit so vertraut war, einem schlohweiß gewichen und auf ihrer linken Wange befand sich ein großer Bluterguss. Ich konnte nur den Kopf schütteln, als sie mir erzählte, was passiert war. Sie wollte ihre Vorhänge in der Küche zum Waschen abnehmen. Um an die Haken zu kommen, in denen der Vorhang eingehängt war, hatte sie auf die Arbeitsplatte in der Küche einen Hocker gestellt und war dann auf diesen gestiegen. Fast ein bisschen ärgerlich war ich darüber, dass sie sich nicht bewusst war, dass das nicht gut gehen konnte. Sie hatte den Halt verloren und fiel schwer auf den Küchenboden. Sämtliche Knochen hätte sie sich brechen können! Sie hatte entgegnet, dass es ja schließlich gemacht werden müsste. Mich machte das unendlich traurig, denn natürlich musste sie solche Aufgaben schon lange nicht mehr selbst machen. Die fürsorglichen Mieter im Haus kümmerten sich seit einiger Zeit um ihre Wäsche und schauten auch nach ihr, sofern es ihre Zeit zuließ.

Da sie das Haus nur noch äußerst selten verließ, machte ich ihr einmal den Vorschlag, mit ihr in ein nahegelegenes Lokal zum Essen zu gehen. Begeistert von der Idee, meinte sie, dass wir das ja mit einem Besuch des Friedhofs verbinden könnten. Dies erstaunte mich, denn der Friedhof liegt außerhalb und ist für jemand gesundes zwar problemlos zu Fuß zu erreichen, kommt aber für einen alten Menschen einer beschwerlichen Wanderung gleich. Sie hatte sich bei mir unterhakt, wir liefen langsam und es bedeutete für sie sichtlich große Anstrengung, aber wir schafften es. Im Lokal schließlich, in dem wir schon zahlreiche Familienfeiern begangen hatten, war es fast wie früher. Mit ihr in der Öffentlichkeit zu sein, verdrängte bei mir den Gedanken meiner immer hinfälliger werdenden Großmutter.

Begeistert hatte ich zu Hause noch erzählt, wie gut beieinander sie heute gewesen war und musste leider am nächsten Tag feststellen, dass ich besser ruhig gewesen wäre.

Es war um die Mittagszeit, als das Telefon klingelte. Es war Oma. Ich dachte zunächst, dass sie sich für den gestrigen Tag bedanken wollte, doch da lag ich völlig falsch. Es traf mich wie ein Fausthieb.

»Sag mal, wo bleibst du denn? Ich habe mir extra ein schönes Kleid angezogen und warte schon so lange.«, sagte sie enttäuscht.

»Was meinst du, Oma?« Mir war nicht klar, worauf sie hinaus wollte.

»Du hast es vergessen! Wir waren doch verabredet, wir wollten doch essen gehen.«

Mir schoss das Blut in den Kopf und mir wurde schlecht. Ich zögerte eine Weile.

»Oma…Oma, es tut mir leid, ich habe es irgendwie verschwitzt.« In meinen Augen machte es keinen Sinn, ihr vorzuhalten, dass sie diejenige war, die etwas vergessen hatte. Es war keine 24 Stunden her, da hatte ich sie nach dem Essen nach Hause begleitet und mich von ihr verabschiedet…

Nun kam auch die Sozialstation regelmäßig. Es musste einfach nach ihr geschaut werden. Ganz nüchtern erklärte mir Oma die Liste, welche die Schwester auszufüllen hatte. Reinlichkeit, Stuhlgang und so weiter. Wieder hatte sie ein großes Stück ihrer Selbständigkeit aufgegeben, ohne, dass es ihr wirklich bewusst war.

Ausgesprochen gut sah sie aus, an ihrem 85. Geburtstag und sie war stolz darauf, dass ihr der Bürgermeister persönlich gratulierte. Ihr weißes Haar war schön frisiert, sogar die Fingernägel lackiert worden und die weiße Spitzenbluse ließ sie fast alterlos erscheinen. Eine schöne Abwechslung war es gewesen, mal wieder so viele Menschen im Haus gehabt zu haben. Sohn Thomas war da und Fina war mit ihrem Mann gekommen, genauso wie ihre Schwägerin Anni.

Doch abends, als alle Gäste weg waren, da kamen sie zum ersten Mal. Ja, natürlich sie hatte Geburtstag, aber diese Leute hatte sie nicht eingeladen, nein. Sie waren einfach so gekommen und hatten nicht einmal geklingelt. Wenn Walburga auch nicht wusste wie, so mussten sie sich irgendwie Zugang zum Haus verschafft haben und das, obwohl die Haustüre festverschlossen war. Die Fenster waren doch auch alle zu. Doch diese Menschen, eigentlich waren es immer nur Schatten, die sie an sich vorbeihuschen sah, machten sich in ihren vier Wänden breit. Überall hin verfolgten sie Walburga, sie schauten sie sogar im Spiegel an. Auch am Kühlschrank bedienten sie sich und stellten den Fernseher an. Walburga ging ins Bett und zog die Bettdecke bis über ihr Kinn. Vielleicht würden sie ja dann endlich weggehen, endlich.

In der Tat, am nächsten Morgen waren sie verschwunden, doch sie kamen wieder. Sie tauchten auf und gingen, um dann ganz plötzlich wieder wie aus dem Nichts zu erscheinen.

Bald war klar, dass ihr letztes bisschen Selbständigkeit, im eigenen Haus zu sein, nicht mehr lange erhalten werden konnte.

Heimwärts

1999-2003

Lediglich mit einer alten ledernen Reisetasche, die Thomas trug, verließ sie zum letzten Mal ihr Haus im Falkenweg 10, zum letzten Mal schloss sie Türe hinter sich ab, zum letzten Mal drehte sie sich um, ob sie auch die Fenster zugemacht hatte. Das kurze Stück aus dem Hof zum Auto von ihrem Sohn, war der Anfang des letzten Stück Weges, das sie noch zu gehen hatte. Und auch wenn sie ihr Zuhause, in dem sie über vierzig Jahre gewohnt hatte, nun verlassen musste, so brach sie nicht in die Fremde auf. Es ging heimwärts.

Ein wenig Angst hatte ich gehabt, vor meinem ersten Besuch im Altenheim. Wie würde sie aussehen? Wie würde sie reagieren? Würde sie überhaupt wissen wer ich war?

Sie wusste es auf Anhieb und während sie sich in ihrer Zeit dort oftmals beklagte, wer denn diese Frau sei, die sich als ihre Schwester Fina ausgab und ab und zu kam, erkannte sie mich stets.

Es war ihr Aufbruch Richtung heimwärts und gleichzeitig die fast zu späte Geburt der Idee, »Heimwärts – Verblasste Erinnerungen am Ende des Weges.«

Es war der 20. August 2003. Ich war übermüdet, hatte die Nacht zuvor kaum geschlafen und gerade mit einer Arbeit am Computer beschäftigt, da klingelte das Telefon. Ich ließ es einige Male klingeln. Schon bevor ich abhob, wusste ich, was geschehen war. In meinem gesamten Leben hatte ich bisher keine solche Erfahrung gehabt, aber in diesem Moment wusste ich bereits, was passiert war. Die Worte meines Vaters nahm ich wahr, aber sie überraschten mich nicht. Den gesamten Nachmittag verspürte ich keine aufkommende Trauer, ich stellte sogar meine Arbeiten am Computer fertig.

Erst an der Beerdigung wenige Tage darauf, brach es aus mir heraus. Schon bei den Worten des Pfarrers, hatte ich Mühe mich auf den Beinen zu halten und musste mich auf die Bank setzen, die eigentlich für die alten und gebrechlichen Leute der Trauergemeinde aufgestellt worden war. Nur schwerfällig setzte ich einen Fuß vor den anderen, als meine Oma zu Grabe getragen wurde. Als der Sarg hinabgesenkt wurde, warf ich eine einzelne Rose in das Grab.

»Tschüs, Oma«, sagte ich leise.

Überlieferungen

Lieder und Texte

Nicht nur die Geschichten ihres Lebens sind ihr Vermächtnis, auch die zahlreichen Lieder, die bei den vielen verschiedenen Familienfesten von meiner Oma und ihren Geschwistern gesungen wurden und von denen leider schon so viele in Vergessenheit geraten und nicht mehr rekonstruierbar sind. Lieder, die von ihren Vorfahren seit vielen Generationen überliefert und gesungen worden waren.

Daheim, im kleinen ärmlichen Haus. Im Leidersbachergässchen 7, in Schweinheim…

Die Koppelalm

Auf der Koppelalm, da hab i' owi g'schaut,
auf einmal schlägt das Herz in mir so wunderlaut.
Drunten im tiefen Tal, da wo das Bacherl rinnt,
da sah ich steh'n ein wunderschönes Kind.

Lalalala, la, O triholihola, triholiholi O triholihola
Lalalala, la, O triholihola, triholiholi O triholihola

Als i owi komm', da war sie gar so nett,
sie hat die schönsten Worte auf mich eingeprägt.
Und mir schlägt das Herz und klopft so wunderlaut,
liebstes Dirndelein wird meine Braut.

Lalalala, la, O triholihola, triholiholi O triholihola
Lalalala, la, O triholihola, triholiholi O triholihola

Sie fängt's Jauchzen an, sie nimmt ihr Fuaß in'd Höh',
sie hebt die Sichel auf, verlässt den Wiesenklee.
Sie schwingt die Sichel frei, sie lacht und jauchzt dazu,
Grüß di' Gott, mei' Bua, mei' liaber Bua'

Lalalala, la, O triholihola, triholiholi O triholihola
Lalalala, la, O triholihola, triholiholi O triholihola

Wir kommen vom Gebirg'

Wir kommen vom Gebirg,
hat jeder a treu's Herz,
schöne Federn auf dem Huat,
und es geht uns sakrisch guat,
ja, schöne Federn auf dem Huat
und es geht uns sakrisch guat.

Singen, jodeln auch dazu,
g'sungen, ham mir heut grad g'nuag.

Jecksus, Jecksus, das ist schwer,
wo krieg'n wir ein Wildschwein her?
Alle sind erschossen schon,
Jecksus, Jecksus, oh Pardon!

Wir kommen vom Gebirg,
hat jeder a treu's Herz,
schöne Federn auf dem Huat,
und es geht uns sakrisch guat,
ja sakrisch guat.

Du bist mein Morgen- und mein Nachtgebetchen

Du bist mein Morgen- und mein Nachtgebetchen,
wunderschönes Mädchen, ich hab' dich so gern.

Du bist mein Anfang und mein Ende,
mein kleiner Liebling,
ich schreib' dir Bände.

Du bist für mich, was für den Faust das Gretchen,
wunderschönes Mädchen, ich hab' dich so gern.

Epilog

Sommer 2006

Was bleibt also von einer Frau, die in ärmlichen Verhältnissen geboren wurde, zwei Weltkriege mitmachte und sich später mit ihrem Mann einen bescheidenen bürgerlichen Wohlstand erarbeitete?

An einer Hand kann man abzählen, wer vom Schuljahrgang 1914/15 noch lebt. Von den Geschwistern, mit Ausnahme des Nesthäkchens Fina, den Freunden und Bekannten der Jugend sind viele schon lange Jahre tot.

Schweinheim sieht natürlich heute ganz anders aus. Als meine Großmutter geboren wurde, war Schweinheim ein ärmliches Dorf, heute ist es eines der erstrebenswertesten und gefragtesten Wohngebiete des Landkreises.

Nach dem Wählen ihrer mir immer noch so vertraut klingenden Telefonnummer, meldet sich eine Computerstimme: »Kein Anschluss unter dieser Nummer.«

Im Haus im Falkenweg 10 in Aschaffenburg, in dem sie rund vierzig Jahre lebte, wohnen heute fremde Menschen. Sie haben keinen Bezug zu dem Haus, aber wie könnten sie auch?

Sollte es also so sein, dass man ein Leben, das nahezu neunzig Jahre währte, wie eine Akte zuschlägt, weil sie in die Ablage gebracht wird, wo sie bis zu ihrer Vernichtung verstaubt?

Nach und nach verschwindet alles Äußerliche, was an sie erinnert.

Wahrscheinlich würde sie die Hände über dem Kopf zusammenschlagen, wenn sie wüsste, dass ich ein Buch über sie geschrieben habe.

«Was willste denn da schreibe?«, hätte sie vermutlich gesagt. Dabei hätte sie sicherlich noch so vieles dazu beitragen können – möglicherweise viel interessantere Episoden, als diese, die hier im Buch konserviert wurden.

Viel zu spät aber habe ich begonnen, mir ausführlich aus ihrem Leben erzählen zu lassen. Als Kind haben mich die »alten Kammellen« kaum interessiert und erst später begriffen, wie viel Wissen mit ihrem fortschreitenden Alter verloren ging und durch ihren Tod unwiederbringlich gelöscht wurde. Kurz vor zwölf habe ich dann die Notbremse gezogen und mir die Geschichten, die ihr Leben schrieben, erzählen und von ihr auf Tonband sprechen lassen. Sehr bald war klar, dass es keine lückenlose Dokumentation ihres Lebens werden würde. Längst nicht alle Ereignisse in ihrem Leben seien erinnerungswert, hatte sie selbst gesagt. So findet auch nicht das zweite kleine Mädchen Erwähnung, das 1944, ein Tag nach der Geburt verstarb. Wie hatte sie diese Schwangerschaft erlebt? Waren die Ängste und Erinnerungen an die erste Fehlgeburt noch präsent? Ich weiß es nicht, denn ich habe nie mit ihr darüber gesprochen.

Selbst mit 85 Jahren konnte sie sich noch an genaue Details aus ihrer frühesten Jugend erinnern, machte sogar präzise Datumsangaben. Später dann, nach dem 20. August 2003, als ich beschlossen hatte, nun erst recht weiter zu machen, fand ich oftmals die »offizielle« Bestätigung jener Daten in Kirchenbüchern, Registern und Archiven. Vergilbte Fotografien wurden für mich lebendig, weil Oma mir gesagt hatte, wer diese Personen waren und wie sie lebten. Zu den abgelichteten Unbekannten hatte ich auf einmal Bezug, hatte das Gefühl sie zu kennen. Liebe Menschen haben ihre Erinnerungen mit mir geteilt: Heitere und traurige, seichte und nachdenkliche.

Daten und Fakten mögen vielleicht einen stimmigen Rahmen bilden, aber viel wertvoller sind die Erzählungen meiner Oma – es ist ihre Geschichte.

Was sie beispielsweise nach dem ersten Treffen mit Karl auf dem nach Nachhauseweg im Einzelnen gesprochen hat und wie sie ihre Worte gewählt hat – wir wissen es natürlich nicht. Aber dennoch haben sich alle Begebenheiten im Kern etwa so zugetragen und keine der Anekdoten ist das Resultat meiner blühenden Phantasie. Alle vorkommenden Personen haben existiert, und so tragen die Angehörigen der Familien Staudt und Kerz in diesem Buch auch ihre richtigen Namen, lediglich Personen außerhalb der Familie habe ich umgetauft.

Nach der langen und oftmals auch mühevollen Recherchearbeit, stellt sich im Rückblick manches anders dar und das eine oder andere betrachtet man vielleicht auch aus einem anderen Blickwinkel. Die Persönlichkeit meines Großvaters hinterlässt ein nicht immer durchsichtiges Bild und wird sich mir wohl nie ganz erschließen.
Fotografien vergilben und Erinnerungen verblassen. Was aber bleibt – und das womöglich mehr als vor meiner Arbeit für dieses Projekt – ist der feste Platz in meinem Herzen, den meine Oma einnimmt und den ihr auch die schnelllebigste aller Zeiten nicht streitig machen kann.

Auf dem Weg zu diesem Buch haben mir zahlreiche Menschen geholfen, Erinnerungen, die teilweise über 80 Jahre zurückliegen, wieder wach werden zu lassen, und so danke ich:

Thomas Kerz, für das Bereitstellen unzähliger Fotos und Dokumente, die unerlässlich waren.
Herbert Kerz, für die geopferte Zeit und die erzählten Anekdoten.
Dr. Robert Elfen, für die stetige Hilfsbereitschaft.
Monsignore Franz Kolb, für die mit mir geteilten Erinnerungen an die Kindertage mit Walburga Staudt.

Burkhard Kunze, für viele der Sache gewidmete Stunden und den gemeinsamen Forschungsdrang.

Margarete Kunze, geb. Staudt, für die zahlreichen Erzählungen und die Herzlichkeit mit der sie mir gegenübertritt.

Fina Sauer, geb. Staudt, für die mit mir geteilten Erinnerungen an die«große" Schwester.

Dr. Walter Schadler, dafür, mich an seinen Jugenderinnerungen teilhaben zu lassen.

Anni Staudt, für die lebhaften Schilderungen und Anekdoten.

Sowie viele anderen.